INTRODUCTION

Certains écrivains, aussi dissemblables que Dickens et Kipling, ne se délivrent jamais du fardeau de leur enfance. Abandonnés par leurs parents, Dickens à la fabrique de cirage, Kipling à la cruelle Tante Rosa et à la banlieue poussiéreuse qu'elle habitait, ils en gardèrent toujours le souvenir. Par la suite, les événements de leur vie semblent tous liés à ces mois ou à ces années de malheur. La vie qui, chez la plupart d'entre nous, révèle son côté cruel à un âge où nous commençons à connaître l'art de nous défendre, a surpris ces deux écrivains à l'époque désarmée de la petite enfance. Comme ils ont réagi de manière différente ! Dickens a appris la sympathie, Kipling la cruauté. Dickens a graduellement acquis un style si aisé, si naturel qu'il semble capable d'englober dans sa compréhension la race humaine tout entière ; Kipling a inventé, pour l'exclure, une machine dont les rouages fonctionnent à la perfection. Ses personnages ont parfois l'air de descendre avec un bruit sec le long d'une courroie de transmission comme une série de boîtes d'allumettes.

Il y a beaucoup de ressemblance entre les

jeunes années de Kipling et celles de Saki, et Saki réagit à la souffrance comme Kipling plutôt que comme Dickens. Kipling est né aux Indes, H. H. Munro (j'aimerais renoncer à ce masque assez illusoire du nom de plume) en Birmanie. La vie de famille pour de tels enfants est toujours cahotée ; les souffrances que dépeignent Kipling et Munro durent être ressenties par maint enfant, muet parce que sans gloire, fils de fonctionnaire ou d'officier colonial en poste en Orient : l'arrivée du fiacre devant la maison de parents inconnus, le déballage des malles, la chambre d'enfants improvisée où l'on se sent perdu, le déchirant départ du père et de la mère ; quatre années d'absence de tendresse peuvent paraître au cours de l'enfance aussi longues qu'une génération (à quatre ans on est un bébé, à huit ans un petit garçon). Kipling a décrit l'horreur de cette brisure dans Baa, Baa, Black Sheep, *nouvelle qui, en dépit de sa sensiblerie, est presque intolérablement pénible : les prières de Tante Rosa, les châtiments corporels, la pancarte MENTEUR épinglée dans le dos, la cécité devenant peu à peu totale par manque de soins, avant que sonne enfin l'heure de la révolte.*

« Si vous me forcez à faire cela, dit très calmement Black Sheep, je brûlerai cette maison jusqu'au sol et peut-être que je vous tuerai. Je ne sais pas si je peux vous tuer, vous êtes tellement osseuse... mais j'essaierai.

« Nulle punition ne suivit ce blasphème, bien que Black Sheep fût prêt à se frayer un chemin jusqu'à la gorge flétrie de Tante Rosa pour s'y agripper jusqu'à ce qu'on l'en détachât à force de coups. »

Dans cette dernière phrase vibre une certaine note qui rappelle beaucoup la voix de Munro lorsqu'il nous conte une de ses plus belles histoires : Sredni Vashtar. *Ni sa Tante Augusta, ni sa Tante Charlotte chez lesquelles on le laissa, près de Barnstaple, après la mort de sa mère et pendant que son père servait en Birmanie, ne possédait la cruauté démoniaque de Tante Rosa, mais Augusta (« femme », écrivait la sœur de Munro, « au caractère indomptable, aux sympathies et aux antipathies violentes, créature impérieuse, d'une grande lâcheté morale, dénuée pour ainsi dire de toute intelligence, et douée d'une nature primitive ») était tout à fait capable de rendre la vie dure à un enfant. Munro, lui, ne fut jamais battu, Augusta lui préférait son frère cadet pour cet exercice, mais nous pouvons mesurer toute la haine qu'il lui avait vouée en lisant l'histoire du petit Conradin priant avec un succès si complet pour obtenir que fût vengée la mort de son furet apprivoisé.*

« Qui donc va annoncer cette nouvelle au pauvre petit ? Moi, j'en suis tout à fait incapable ! » s'écria une voix aiguë, et tandis qu'ils discutaient entre eux de ce problème, Conradin se préparait une nouvelle tartine de pain grillé.

Le malheur est un merveilleux aide-mémoire, et toutes les meilleures nouvelles de Munro sont inspirées par l'enfance, l'humour et l'anarchie, autant que la cruauté et la misère de l'enfance.

Car la réaction de Munro à l'épreuve de ces années n'est pas absolument celle de Kipling. Lui aussi s'est fabriqué un style qui est comme une machine destinée à sa propre protection, mais quelles étincelles en jaillissent ! Il ne s'abritait pas comme Kipling derrière la virilité, la haute sagesse, les aventures imaginaires des soldats et des bâtisseurs d'empires (encore qu'une certaine nostalgie de ce genre de vie puisse se lire dans The Unbearable Bassington) ; *il se protégeait à l'aide d'épigrammes aussi serrées l'une près de l'autre que les raisins secs dans un gâteau de Dundee à la mode d'autrefois. Tout jeune homme essayant de faire son chemin, avec l'aide de son père, dans la police de Birmanie, il écrivait à sa sœur en 1893, pour lui reprocher de n'avoir pas fait l'effort d'aller voir jouer* A Woman of No Importance. *Reginald et Clovis sont des enfants de Wilde : c'est entre eux un incessant feu croisé d'épigrammes et d'absurdités qui nous éblouissent et nous enchantent mais derrière lesquelles nous sentons la présence d'un esprit plus dur, moins bienveillant que celui de Wilde. Clovis et Reginald ne sont pas des personnages de conte de fées, ils sont plus proches du monde visible que ne l'est Ernest Maltravers. Tandis qu'Ernest flotte dans l'éther comme un cupidon de Rubens entouré de nuages exagérément bleus, Clovis et Reginald appartiennent à Hyde Park, aux « thés » de Kensington, aux soirées de Covent Garden ; parfois même ils datent, comme les suffragettes. Ils ne peuvent déguiser complètement, en dépit de ces étincelles et de ce pétillement, la triste solitude des années de Barnstaple ; ils se hâtent de blesser avant qu'on puisse les blesser, et leurs apartés spirituels et dévastateurs sont aussi cinglants que la badine de Tante Augusta. Et ces histoires sont souvent des récits de farces et attrapes. Leurs victimes aux noms bizarres sont assez sottes pour n'éveiller aucune sympathie. Ce sont des gens d'âge mûr, des gens puissants ;*

il est juste qu'ils subissent une humiliation passagère parce que, à la longue, ils ont toujours le monde de leur côté. Munro, tel un chevaleresque bandit de grand-chemin, ne dépouille que les riches ; il y a derrière toutes ces histoires un sens de la justice rigoureux. Elles se distinguent en ceci des histoires du même genre écrites par Kipling : The Village That Voted The Earth Was Flat *et d'autres, où la plaisanterie dépasse les bornes. Chez Kipling, le mobile semble être la vengeance plus que la justice (Tante Rosa s'est installée dans l'esprit de sa victime et l'a corrompu).*

Peut-être suis-je allé un peu trop loin en insistant sur la cruauté de l'œuvre de Munro car il y a des moments où elle semble n'évoquer pour nous que l'aspect ensoleillé de la scène édouardienne : jeunes gens coiffés de canotiers, loge à l'Opéra, longs après-midi paresseux dans le Parc, thé qu'on boit dans la porcelaine la plus fine accompagné de sandwiches au concombre, bavardages légers et insouciants.

« Ne soyez jamais un pionnier. C'est au Premier Chrétien qu'échoue le plus gros lion[1]. *»*

« Par exemple, Marion Mulciber qui s'obstinait à croire qu'elle était capable de jouer au bridge, de même qu'elle se croyait capable de descendre une pente à bicyclette ; cette fois-là, elle s'est retrouvée à l'hôpital, maintenant elle est entrée au couvent, perdu tout ce qu'elle avait, voyez-vous, et donné le reste au Ciel. »

« Ses toilettes se bâtissent à Paris, mais elle les porte avec un fort accent anglais. »

« Il faut beaucoup de courage moral pour

1. Allusion au proverbe : « C'est le premier oiseau qui trouve le plus gros ver. » (N. du T.)

partir ostensiblement au milieu du second acte quand on n'a commandé sa voiture que pour minuit. »

Il est triste de penser que cette allégresse, ce badinage, ne pouvaient durer toujours, mais la plus mauvaise farce et la plus cruelle avait été gardée pour la fin. Le spirituel et cynique héros de Munro, Comus Bassington, terrassé par la fièvre, trouve une mort incongrue dans un village de l'Afrique occidentale, et le 13 novembre 1916 au petit jour, du fond d'un trou d'obus, près de Beaumont-Hamel, on entendit Munro crier : « Eteignez cette cigarette, nom de Dieu. » Ce furent les dernières paroles imprévisibles que prononcèrent Clovis et Reginald.

Graham Greene.
(Traduit par Marcelle Sibon.)

LA FENÊTRE OUVERTE

« Ma Tante descend tout de suite, Mr Nuttel, dit une jeune personne de quinze ans pleine d'assurance ; en attendant, vous allez devoir vous contenter de moi. »

Framton Nuttel cherchait ce qu'il pourrait bien dire de flatteur pour la nièce en attendant la venue de la tante. Dans son for intérieur, il doutait plus que jamais de l'utilité que pouvaient présenter ces visites protocolaires à une série de parfaits étrangers pour la cure de repos qu'il était censé entreprendre.

« Je sais ce que ce sera, lui avait dit sa sœur, alors qu'il se préparait à émigrer vers cette retraite campagnarde ; tu vas t'enterrer sans parler à âme qui vive, et tu n'en auras les nerfs que plus délabrés à force de broyer du noir. Je vais te donner des lettres d'introduction pour tous les gens que je connais là-bas. Certains d'entre eux, pour autant que je me souvienne, étaient très gentils. »

Framton se demanda si Mrs Sappleton, la dame à laquelle il venait présenter une de ces lettres d'introduction, se classait dans la catégorie des gens charmants.

« Vous connaissez beaucoup de monde ici ? demanda la nièce, quand elle estima qu'ils avaient passé assez de temps en communion silencieuse.

— Pour ainsi dire personne, répondit Framton. Ma sœur a séjourné ici, au presbytère, il y a quatre ans, et elle m'a donné des lettres d'introduction pour quelques personnes du village. »

Il prononça cette dernière phrase sur un ton d'indiscutable regret.

« Alors, vous ne savez pratiquement rien de ma Tante ? reprit la jeune personne pleine d'assurance.

— Seulement son nom et son adresse », avoua son visiteur. Il se demandait si Mrs Sappleton était mariée ou veuve. Il ne savait quoi d'indéfinissable dans la pièce suggérait une présence masculine.

« La grande tragédie qui l'a frappée s'est produite il y a juste trois ans, reprit l'enfant, donc après le séjour de votre sœur.

— La tragédie ? » demanda Framton. Dans ce paisible trou de campagne, la notion de tragédie lui semblait déplacée.

« Vous vous demandez peut-être pourquoi nous laissons cette fenêtre grande ouverte par un après-midi d'octobre, dit la nièce, en désignant une grande porte-fenêtre qui donnait sur une pelouse.

— Il fait très doux pour cette époque de l'année, dit Framton. Mais cette porte a-t-elle un rapport avec la tragédie ?

— C'est par cette porte-fenêtre que, voilà trois

ans jour pour jour, son mari et ses deux jeunes frères sont partis pour la chasse. Ils ne sont jamais revenus. En traversant le marais pour se rendre à leur emplacement favori, ils se sont tous les trois enlisés dans des sables mouvants. Nous avions eu un été terriblement pluvieux, vous vous souvenez, et des endroits, qui ne présentaient aucun danger les autres années, cédaient soudain sous les pas. On n'a jamais retrouvé leurs corps. C'est ce qu'il y a d'affreux » ; la voix de la jeune personne perdit son assurance et devint frémissante. « Ma pauvre Tante croit toujours qu'ils vont revenir un jour, eux, et le petit épagneul brun qui les accompagnait, et qu'ils vont rentrer par cette porte comme ils le faisaient tous les jours. C'est pourquoi elle reste ouverte chaque soir jusqu'à la tombée de la nuit. Ma pauvre chère Tante, elle m'a souvent raconté comment ils étaient partis, son mari avec son imperméable blanc sur le bras, et Ronnie, son plus jeune frère, chantant « Bertie, pourquoi sautes-tu ? » comme il le faisait toujours pour la taquiner, car elle disait que cette chanson l'agaçait. Vous savez, par des soirs calmes et tranquilles comme aujourd'hui, j'ai presque l'affreuse impression qu'ils vont tous rentrer par cette porte... »

Elle s'interrompit en frissonnant. Framton fut soulagé de voir la tante déboucher dans la pièce en s'excusant mille fois de l'avoir fait attendre.

« J'espère que Vera vous a bien tenu compagnie ? dit-elle.

— Elle m'a beaucoup intéressé, dit Framton.

— J'espère que cette porte ouverte ne vous gêne pas, dit Mrs Sappleton d'un ton guilleret. Mon mari et mes frères vont rentrer de la chasse et ils passent toujours par là. Ils sont allés tirer le canard dans les marais, alors à leur retour ils saccageront mes pauvres tapis. Vous, les hommes, vous êtes bien tous les mêmes, n'est-ce pas ? »

Elle continua à parler gaiement de chasse, de la rareté des canards et des perspectives qui s'offraient pour l'hiver. Framton trouvait cela purement et simplement horrible. Il s'efforça désespérément, mais sans y parvenir tout à fait, de détourner la conversation vers un sujet moins macabre ; il se rendait compte que son hôtesse ne lui accordait qu'une partie de son attention, et qu'elle regardait sans cesse vers la porte-fenêtre ouverte sur la pelouse. C'était une bien fâcheuse coïncidence qu'il eût justement choisi pour faire sa visite ce tragique anniversaire.

« Les médecins m'ont ordonné le repos complet, m'ont interdit tout énervement et m'ont conseillé d'éviter tout exercice physique violent, annonça Framton, qui était victime de l'illusion communément répandue, que de parfaits étrangers sont avides de connaître dans leurs moindres détails nos maladies et nos infirmités, leur origine et leur traitement. En ce qui concerne le régime, leur accord n'est pas aussi complet, reprit-il.

— Ah non ? » dit Mrs Sappleton, étouffant in-extremis un bâillement. Son attention soudain parut se réveiller, mais ce n'était pas ce que disait Framton qui en était la cause.

« Les voici enfin ! s'écria-t-elle. Juste à temps pour le thé, et crottés comme des barbets ! »

Framton eut un bref frisson et se tourna vers la nièce, d'un air compatissant. L'enfant regardait par la porte ouverte, les yeux agrandis par l'horreur. Saisi d'une terreur indicible, Framton se retourna sur son siège et regarda dans la même direction.

Dans le crépuscule qui tombait, trois silhouettes traversaient la pelouse et se dirigeaient vers le salon ; les trois hommes portaient un fusil sous le bras, et l'un d'eux avait en outre un imperméable blanc jeté sur les épaules. Un épagneul brun trottait sur leurs talons. Ils approchèrent sans bruit de la maison, puis une voix jeune et un peu rauque se mit à chanter : « Dis-moi, Bertie, pourquoi sautes-tu ainsi ? »

Framton ramassa fébrilement sa canne et son chapeau ; la porte du vestibule, l'allée de graviers et la grille du jardin furent autant d'étapes qu'il remarqua à peine dans sa fuite précipitée. Un cycliste qui débouchait sur la route dut se jeter dans le fossé pour éviter une collision imminente.

« Nous voilà, ma chère, dit l'homme à l'imperméable blanc, en entrant par la porte-fenêtre. Un peu crottés, mais à peu près secs. Qui était-ce donc qui a décampé ainsi quand nous arrivions ?

— Un homme tout à fait curieux, un certain Mr Nuttel, dit Mrs Sappleton. Il n'a parlé que de ses maladies, puis il a filé sans dire au revoir ni s'excuser quand vous êtes arrivés. Comme s'il avait vu un fantôme.

— Ce devait être l'épagneul, expliqua calmement la nièce ; il m'a dit qu'il avait horreur des chiens. Il a été un jour poursuivi dans un cimetière quelque part sur les rives du Gange par une meute de chiens parias, et il a dû passer la nuit dans une tombe fraîchement creusée tandis que ces horribles bêtes grondaient, montraient les dents et bavaient juste au-dessus de lui. Il y a de quoi vous faire perdre votre sang-froid. »

Car l'improvisation romanesque était chez elle une spécialité.

LA MÉTHODE SCHARTZ-METTERKLUME

Lady Carlotta s'avança sur le quai de la petite gare de campagne et se mit à arpenter ces lieux dépourvus d'intérêt pour tuer le temps jusqu'au moment où il plairait au train de poursuivre son voyage. Soudain, sur la route qui passait derrière la gare, elle aperçut un cheval aux prises avec une charge plus qu'imposante, et un de ces charretiers qui semblent vouer une haine sourde à l'animal qui les aide à gagner leur vie. Lady Carlotta eut tôt fait de se rendre sur la route et de faire prendre à l'affaire un tout autre tour. Dans son entourage, on ne lui ménageait pas les conseils sur l'inutilité d'intervenir en faveur d'un animal en détresse, en lui faisant remarquer que ces interventions ne la regardaient pas. Une seule fois elle avait mis en pratique la doctrine de la non-intervention : c'était le jour où l'un de ses plus éloquents partisans s'était trouvé assiégé durant près de trois heures sur un petit arbre de mai extrêmement inconfortable par un verrat furieux, tandis que Lady Carlotta, de l'autre côté de la haie, avait continué l'aquarelle qu'elle avait commencée en refusant d'intervenir dans le différend qui opposait le verrat et son adversaire. Il est à craindre qu'elle perdit l'amitié de la dame en question que l'on vint finalement tirer de sa fâcheuse position. Ce jour-là, elle ne manqua que son train, qui, manifestant pour la première fois de tout le voyage une certaine impatience, démarra sans elle. Elle accueillit cet abandon avec une indifférence de philosophe ; ses amis et sa famille étaient très habitués à voir ses bagages arriver sans elle. Elle adressa donc un télégramme pour expliquer vaguement qu'elle venait « par un autre train ». Elle n'avait pas encore eu le temps de se demander ce qu'elle allait faire ensuite, qu'elle se trouva nez à nez avec une dame d'allure imposante, qui la dévisageait avec la plus extrême attention.

« Vous devez être Miss Hope, la gouvernante que je suis venue chercher à la gare, déclara l'apparition, d'un ton qui ne se prêtait guère à la discussion.

— Très bien, le devoir c'est le devoir, se dit Lady Carlotta avec une dangereuse humilité.

— Je suis Mrs Quabarl, reprit la dame. Et où donc, je vous prie, sont vos bagages ?

— Ils sont égarés », répondit la prétendue gouvernante, se conformant au vieux principe que les absents ont toujours tort. Les bagages, en fait, s'étaient comportés avec la plus absolue correction. « Je viens de télégraphier à ce sujet, ajouta-t-elle, approchant ainsi plus près de la vérité.

— Comme c'est agaçant, observa Mrs Quabarl. Ces gens des chemins de fer sont si négligents. Enfin, ma femme de chambre pourra vous prêter des affaires pour la nuit », conclut-elle en se dirigeant vers sa voiture.

Durant le trajet jusqu'à la propriété des Quabarl, Lady Carlotta s'entendit préciser en termes fort impressionnants la nature de la tâche qui lui était confiée ; elle apprit que Claude et Wilfrid étaient de jeunes enfants délicats et sensibles ; qu'Irène avait un tempérament d'artiste hautement développé et que Viola était une enfant tout à fait à part.

« Je ne voudrais pas seulement qu'on les instruise, précisa Mrs Quabarl, mais qu'on les intéresse à ce qu'ils apprennent. Dans leurs leçons d'histoire, par exemple, vous devrez essayer de leur donner l'impression qu'on leur raconte la vie d'hommes et de femmes qui ont vraiment existé, et non pas que vous leur livrez une masse de noms et de dates à retenir par cœur. Pour le français, bien sûr, je compte que vous le parlerez au repas plusieurs jours par semaine.

— Je parlerai français quatre jours par semaine et russe les trois autres jours.

— Russe ? Ma chère Miss Hope, personne dans la maison ne parle ni ne comprend le russe.

— Cela ne me gênera pas le moins du monde », répliqua Lady Carlotta, glaciale.

Mrs Quabarl, pour user d'une expression un peu familière, en eut le bec cloué. C'était une de ces créatures à l'assurance fragile, qui ont de superbes airs d'autocrates tant que ne se présente pas d'opposition sérieuse. La moindre manifestation de résistance inattendue suffit à les rendre balbutiants et confus. Quand la nouvelle gouvernante se fut abstenue de tout commentaire admiratif à propos de la somptueuse voiture dont Mrs Quabarl avait récemment fait l'acquisition et quand elle eut fait quelques allusions aux avantages d'un ou deux modèles qu'on venait de lancer sur le marché, la déconfiture de Mrs Quabarl devint presque abjecte. Ses sentiments étaient comparables à ceux qu'aurait pu connaître un général des guerres antiques, en abattant son plus lourd éléphant de combat ignominieusement chassé du champ de bataille par les frondeurs et les lanceurs de javelots.

Au dîner ce soir-là, malgré le renfort de son mari, qui généralement appuyait ses opinions et lui offrait un appui moral, Mrs Quabarl ne regagna rien du terrain perdu. La gouvernante, non seulement buvait du vin, mais encore étalait des connaissances étendues à propos des divers crus, et c'était là un domaine dans lequel les Quabarl ne pouvaient aucunement se poser en autorités. Les gouvernantes précédentes avaient limité leurs propos œnologiques à l'expression respectueuse et incontestablement sincère d'une préférence pour l'eau. Quand la nouvelle venue alla jusqu'à recommander un marchand de vin qui, lui, ne trompait pas ses clients, Mrs Quabarl estima le moment venu de remettre sur le tapis des sujets plus habituels.

« Le chanoine Teep, observa-t-elle, nous a donné sur vous d'excellents renseignements. C'est un homme très estimable.

— Il boit comme un trou et bat sa femme, mais à part cela c'est un homme tout à fait charmant, déclara la gouvernante, imperturbable.

— Ma chère Miss Hope ! s'exclamèrent les Quabarl en chœur.

— Il faut reconnaître en toute justice qu'il a des excuses, poursuivit Lady Carlotta, brodant de plus belle. Mrs Teep est la bridgeuse la plus exaspérante que j'aie jamais eue en face de moi ; ses annonces feraient pardonner une certaine brutalité chez son partenaire, mais l'asperger avec le contenu de l'unique siphon d'eau de seltz qui se trouvait dans la maison un dimanche après-midi, alors qu'on ne pouvait en trouver d'autre, témoigne d'une indifférence au confort d'autrui que je ne puis pour ma part excuser. Vous me croirez peut-être un peu hâtive dans mes jugements, mais c'est en fait l'incident du siphon qui m'a décidée à partir.

— Nous en parlerons un autre jour, s'empressa de dire Mrs Quabarl.

— Je n'y ferai jamais plus aucune allusion », déclara la gouvernante avec décision.

Mr Quabarl, pour créer une diversion, demanda par quelle matière la nouvelle institutrice se proposait de commencer le lendemain.

« Je commencerai par l'Histoire, annonça-t-elle.

— Ah, l'Histoire, observa-t-il d'un ton sagace. En leur enseignant l'Histoire, vous devrez prendre grand soin de les intéresser à ce qu'ils apprennent. Il faut que vous leur donniez l'impression qu'ils étudient la vie d'hommes et de femmes qui ont vraiment existé...

— Je lui ai déjà dit tout cela, déclara Mrs Quabarl.

— J'enseigne l'Histoire d'après la méthode de Schartz-Metterklume, dit la gouvernante d'un ton hautain.

— Ah, bon », dirent-ils, jugeant préférable de prétendre connaître au moins le nom de la méthode.

« Qu'est-ce que vous faites ici, les enfants,

demanda Mrs Quabarl le lendemain matin, en trouvant Irène assise d'un air plutôt morne en haut de l'escalier, tandis que sa sœur était perchée d'un air déconfit sur la banquette derrière elle, drapée presque entièrement dans une peau de loup.

— Nous avons une leçon d'Histoire, répondit l'enfant. Je suis censée être Rome, et Viola là-haut est la louve ; pas une vraie louve, mais la statue de celle qu'adoraient les Romains, je ne sais plus pourquoi. Claude et Wilfrid sont allés enlever les cabines.

— Les cabines ?

— Oui, ils doivent les apporter ici. Ils ne voulaient pas, mais Miss Hope a pris une des battes de cricket de papa en disant qu'elle leur administrerait une sévère correction s'ils n'obéissaient pas, alors ils y sont allés. »

Des cris de colère provenant du jardin firent se précipiter dans cette direction Mrs Quabarl, qui craignait que le châtiment promis ne fût en cours d'exécution. Mais les cris provenaient principalement des deux petites filles du gardien, qui se trouvaient traînées et poussées vers la maison par Claude et Wilfrid, échevelés et hors d'haleine, et dont la tâche était rendue plus ardue encore par les attaques incessantes, sinon très efficaces, du jeune frère des infortunées captives. La gouvernante, battes de cricket en mains, était nonchalamment assise sur la balustrade du perron, présidant à la scène avec la froide impartialité d'une déesse des batailles. Les enfants du gardien ne cessaient de répéter « je le dirai à maman », mais la dite mère, qui était dure d'oreille, était pour l'instant fort occupée à faire couler son bain. Après avoir jeté un coup d'œil inquiet vers la loge (la brave femme était douée de ce tempérament hautement irritable qui est souvent le privilège des sourds) Mrs Quabarl se précipita avec indignation au secours des prisonnières.

« Wilfrid ! Claude ! Voulez-vous lâcher tout de suite ces petites. Miss Hope, au nom du ciel, que signifie cette scène ?

— Il s'agit des débuts de l'histoire romaine ; c'est l'enlèvement des Sabines, vous ne comprenez donc pas ? C'est la méthode Schartz-Metterklume pour faire comprendre l'Histoire aux enfants en la leur faisant représenter eux-mêmes ; cela la fixe dans leur mémoire. Bien sûr, si grâce à votre intervention vos fils s'en vont croire que les Sabines ont fini par s'échapper, on ne peut guère les en rendre responsables.

— Vous êtes peut-être très intelligente et très moderne, Miss Hope, déclara Mrs Quabarl d'un ton ferme, mais je serais heureuse si vous preniez le prochain train. On fera suivre vos bagages dès qu'ils arriveront.

— Je ne sais pas exactement où je serai dans les jours à venir, répondit l'institutrice congédiée ; vous pourriez peut-être garder mes bagages jusqu'à ce que je vous télégraphie mon adresse. Il n'y a que deux malles, quelques clubs de golf et un bébé léopard.

— Un bébé léopard ! » s'écria Mrs Quabarl. Même en partant, cette extraordinaire créature semblait destinée à laisser derrière elle un sillage de perturbations.

« Oh, bébé n'est peut-être pas le mot ; il est presque adulte, vous savez. Une volaille tous les jours et un lapin le dimanche, c'est son régime habituel. La viande rouge l'énerve trop. Ne prenez pas la peine de faire sortir la voiture pour moi, j'aime assez la marche à pied. »

Là-dessus, Lady Carlotta disparut de la vie des Quabarl.

L'arrivée de la véritable Miss Hope, qui s'était trompée de jour, provoqua un affolement que la chère femme n'avait pas l'habitude de susciter. De toute évidence, la famille Quabarl avait été victime d'une odieuse plaisanterie, mais cette révélation les soulagea quand même quelque peu.

« Comme cela a dû être fatigant pour vous, chère Carlotta, lui dit son hôtesse, quand elle finit par arriver. Comme cela a dû être fatigant de manquer votre train et d'avoir à passer la nuit dans un endroit où vous ne connaissiez personne.

— Oh, mon Dieu, non, dit Lady Carlotta. Cela n'a pas été fatigant du tout... pas pour moi. »

TOBERMORY

C'était un frais et pluvieux après-midi de fin août, en cette saison mal définie où les perdrix sont encore en sécurité ou en chambres froides, et où il n'y a rien à chasser, à moins qu'on ne se trouve au bord du canal de Bristol, auquel cas on a tout le loisir d'aller courre le cerf. Lady Blemley ne recevait pas au bord du canal de Bristol, aussi en cet après-midi-là ses hôtes se trouvaient-ils tous réunis autour de la table à thé. Et, malgré le peu de ressources qu'offrait la saison et la banalité de l'occasion, on ne décelait dans l'assistance aucune trace de cette lassitude qui fait planer sur les invités la menace d'un numéro de piano et la sourde nostalgie d'un bridge plafond. L'attention était unanimement fixée sur Mr Cornelius Appin. De tous les invités de Lady Blemley, c'était celui qui était arrivé avec la réputation la plus vague. Quelqu'un avait dit qu'il n'était « pas bête », et son hôtesse l'avait invité dans le modeste espoir qu'il voudrait bien consacrer une partie de ses dons intellectuels à la distraction de tous. Mais jusqu'à l'heure du thé ce jour-là, elle n'avait pu encore découvrir dans quelle direction ces dons, s'ils existaient vraiment, se déployaient. Il n'était ni un bel esprit ni un champion de croquet, il n'était pas un hypnotiseur hors pair pas plus qu'un acteur de théâtre amateur. Son apparence extérieure ne laissait pas davantage deviner le genre d'homme à qui les femmes sont prêtes à pardonner dans une large mesure leurs déficiences mentales. Il n'était plus que Mr Appin, et son prénom de Cornelius semblait le souvenir d'un bluff perpétré devant les fonts baptismaux. Et voilà maintenant qu'il prétendait avoir apporté au monde une découverte auprès de laquelle l'invention de la poudre à canon, de l'imprimerie et de la machine à vapeur n'étaient que broutilles sans intérêt. La science a fait des pas de géant dans bien des directions au cours des dernières décades, mais cette découverte semblait relever du domaine du miracle plutôt que du progrès scientifique.

« Et vous nous demandez vraiment de croire, disait Sir Wilfrid, que vous avez trouvé un moyen d'inculquer aux animaux le don de la parole, et que ce cher vieux Tobermory s'est révélé votre premier et brillant élève ?

— C'est un problème sur lequel je travaille depuis ces dix-sept dernières années, dit Mr Appin, mais voilà seulement huit ou neuf mois que la perspective d'un proche succès est venue m'encourager. J'ai fait bien sûr des expériences sur des milliers d'animaux, mais ces derniers temps seulement sur des chats, ces étonnantes créatures qui se sont si merveilleusement assimilé notre civilisation tout en conservant au plus haut point leurs instincts de fauves. Çà et là, parmi les chats, on rencontre un intellect supérieur, tout comme cela arrive chez les humains, et lorsque j'ai fait la connaissance de Tobermory il y a une semaine, j'ai tout de suite vu que j'étais en présence d'un « Surchat » d'une extraordinaire intelligence. J'étais allé fort avant sur la route de la réussite avec mes dernières expériences ; avec Tobermory, comme vous l'appelez, je suis arrivé au but. »

Mr Appin conclut sa remarquable déclaration d'une voix dont il s'efforçait de bannir tout accent de triomphe. Personne n'exprima la moindre incrédulité, seules les lèvres de Clovis parurent silencieusement articuler quelques syllabes hautement dubitatives.

« Et que voulez-vous dire, demanda Miss Resker après un bref silence, que vous avez appris à Tobermory à prononcer et à comprendre des phrases simples d'une syllabe ?

— Ma chère Miss Resker, reprit patiemment le faiseur de miracles, c'est ainsi qu'on enseigne aux petits enfants, aux sauvages et aux adultes retardés ; quand on a résolu le problème de commencer avec un animal d'une brillante intelligence, il n'est pas besoin de ces méthodes trop lentes. Tobermory est capable de parler notre langue avec une parfaite correction. »

Cette fois Clovis murmura fort distinctement « Boufre ! » Sir Wilfrid se montra plus poli, mais tout aussi sceptique.

« Est-ce que nous ne ferions pas mieux d'amener le chat pour juger nous-mêmes ? » proposa Lady Blemley.

Sir Wilfrid s'en fut à la recherche de l'animal, et l'on s'installa en attendant sans entrain d'assister à quelque numéro plus ou moins habile de ventriloquisme de salon.

Une minute plus tard, Sir Wilfrid revint, pâle

sous son hâle, et les yeux ronds de stupéfaction. « Bon sang, c'est vrai ! »

Son agitation était incontestablement sincère, et ses auditeurs se penchèrent en avant, leur intérêt brusquement éveillé.

S'effondrant dans un fauteuil, il continua sans reprendre haleine : « Je l'ai trouvé qui sommeillait dans le fumoir, et je lui ai demandé de venir prendre son thé. Il m'a regardé en clignant des yeux comme de coutume, et j'ai dit : « Allons, Toby ; ne nous fais pas languir » ; et, figurez-vous qu'il m'a répondu du ton le plus affreusement naturel qu'il viendrait quand bon lui semblerait ! J'ai failli m'en évanouir de saisissement ! »

Appin avait prêché devant un auditoire rigoureusement incrédule ; la déclaration de Sir Wilfrid emporta aussitôt la conviction. Des exclamations jaillirent de toute part, tandis que le savant restait assis sans mot dire, savourant les premiers fruits de sa prodigieuse découverte.

Au milieu de ce brouhaha, Tobermory entra dans la pièce et passa d'un pas feutré et avec une nonchalance étudiée parmi les invités assis autour de la table.

Un silence fait de gêne et de contrainte tomba aussitôt sur l'assistance. Chacun semblait trouver gênant au fond de s'adresser sur un pied d'égalité à un chat domestique dont les capacités mentales ne faisaient plus de doute.

« Veux-tu un peu de lait, Tobermory ? demanda Lady Blemley d'une voix un peu crispée.

— Volontiers », répondit le chat, d'un ton teinté de la plus parfaite indifférence. Un frisson mal réprimé d'excitation parcourut l'auditoire, et l'on comprend que Lady Blemley fît tomber un peu de lait en emplissant la soucoupe d'une main légèrement tremblante.

« Je crois bien que j'en ai renversé la plus grande partie, fit-elle d'un ton d'excuse.

— Bah, fit Tobermory, ce n'est pas mon tapis de haute laine. »

Le silence s'appesantit de nouveau sur l'assistance, puis Miss Resker demanda de son ton le plus convaincu d'assistante sociale si le langage humain avait été difficile à apprendre. Tobermory la regarda un moment droit dans les yeux, puis son regard se perdit dans le lointain tandis que son visage arborait une expression d'absolue sérénité. De toute évidence, il n'était pas disposé à répondre aux questions oiseuses.

« Que pensez-vous de l'intelligence humaine ? demanda lamentablement Mavis Pellington.

— De quelle intelligence en particulier ? demanda Tobermory, glacial.

— Oh, de la mienne, par exemple, fit Mavis, avec un petit rire.

— Vous me mettez dans une situation embarrassante, dit Tobermory, dont le ton pas plus que l'attitude ne trahissait le moindre embarras. Quand il a été question de vous inviter pour ce week-end, Sir Wilfrid a protesté en disant que vous étiez la femme la plus écervelée qu'il connût ; il a dit qu'une distinction s'imposait entre l'hospitalité et l'assistance aux faibles d'esprit. Lady Blemley a répliqué que votre manque d'intelligence était justement la raison qui motivait cette invitation, car vous étiez la seule personne qui lui parût assez idiote pour acheter leur vieille voiture. Vous savez, celle qu'ils appellent « le Rêve de Sisyphe », parce qu'elle monte gentiment les côtes si on la pousse. »

Les protestations de Lady Blemley auraient eu un accent plus convaincant si elle n'avait pas négligemment laissé entendre à Mavis le matin même que la voiture en question serait exactement ce qui lui conviendrait pour sa maison du Devonshire.

Le major Barfield se lança, afin de tenter une diversion.

« Comment marche votre aventure avec la petite chatte tigrée de l'écurie, hein ? »

Dès l'instant où il eut posé cette question, tout le monde se rendit compte qu'il avait gaffé.

« On ne discute généralement pas ces questions en public, déclara Tobermory, glacial. D'après le peu que j'ai pu observer de vos façons depuis que vous êtes dans cette maison, j'imagine que vous trouveriez fort gênant de m'entendre évoquer vos propres ébats. »

La panique qui s'ensuivit ne frappa pas que le major.

« Voudrais-tu aller voir si la cuisinière a préparé ton dîner ? suggéra Lady Blemley précipitamment, en affectant d'ignorer que deux bonnes heures devaient encore s'écouler avant le dîner de Tobermory.

— Merci, dit Tobermory, il est encore un peu tôt après mon thé. Je ne veux pas mourir d'indigestion.

— Les chats disposent de neuf vies, tu sais, dit Sir Wilfrid avec entrain.

— Peut-être, rétorqua Tobermory, mais ils n'ont qu'un foie.

— Adelaïde ! intervint Mrs Cornett, comptez-vous encourager ce chat à aller cancaner avec les domestiques ? »

La panique était maintenant générale. Un

étroit balcon courait devant les fenêtres de la plupart des chambres du château, et l'on se souvint avec consternation que ç'avait toujours été la promenade favorite de Tobermory ; il pouvait de là observer les pigeons, et Dieu sait quoi encore. S'il entendait évoquer ses souvenirs, dans la crise de franchise qu'il traversait, cela pourrait avoir des effets plus que décourageants. Mrs Cornett, qui passait fort longtemps devant sa coiffeuse à réparer artistement les caprices d'un ton qu'on disait fantasque, parut aussi mal à l'aise que le major. Miss Scrawen, qui écrivait des vers d'une farouche sensualité et menait une vie sans tache, se contenta de manifester une certaine irritation ; si l'on est méthodique et vertueux dans sa vie privée, on ne tient pas nécessairement à ce que tout le monde le sache. Bertie van Tahn, qui à dix-sept ans était déjà si dépravé qu'il avait depuis longtemps renoncé à descendre plus bas, devint d'une pâleur de gardénia, mais il ne commit pas l'erreur de sortir du salon en courant, comme Odo Finsberry, un jeune homme qui, pensait-on, se destinait à la carrière ecclésiastique, et qui peut-être était troublé à l'idée des scandales qu'il risquait d'apprendre concernant autrui. Clovis eut la présence d'esprit de garder un aspect impassible ; il calculait dans son for intérieur combien de temps cela lui prendrait de se procurer par petites annonces des souris bien dodues pour offrir en pot-de-vin à Tobermory.

Même dans une situation aussi délicate que celle-là, Agnes Resker ne pouvait supporter de rester trop longtemps à l'arrière-plan.

« Pourquoi suis-je venue ici ? » demanda-t-elle d'un ton dramatique.

Tobermory ne voulut pas la laisser dans cette cruelle incertitude.

« A en juger d'après ce que vous avez dit à Mrs Cornett hier sur la pelouse de croquet, vous cherchiez un endroit où vous auriez le gîte et le couvert. Vous décriviez les Blemley comme les gens les plus ennuyeux chez qui séjourner, mais vous avez ajouté qu'ils avaient l'intelligence d'avoir une cuisinière de premier ordre ; sans cela, ils auraient du mal à trouver des invités pour accepter de faire chez eux un second séjour.

— Il n'y a pas un mot de vrai là-dedans ! J'en appelle à Mrs Cornett... s'exclama la malheureuse Agnès.

— Mrs Cornett a répété vos propos à Bertie van Tahn, poursuivit Tobermory, et elle a dit : « Cette femme est une véritable boulimique ; elle irait n'importe où pour quatre repas par jour. » Et Bertie van Tahn a répondu... »

Cette chronique, par bonheur, s'interrompit brusquement là. Tobermory avait aperçu le gros chat jaune du pasteur en train de se glisser à travers la haie en direction des écuries. En un instant il disparut par la porte-fenêtre ouverte.

A peine son trop brillant élève avait-il disparu que Cornelius Appin se trouva en proie à une tempête de sanglants reproches, de questions angoissées et de pressantes supplications. C'était lui le responsable de cette situation, et il devait donc prendre des mesures pour l'empêcher de s'aggraver. Tobermory pouvait-il faire partager à d'autres chats ce redoutable don ? telle fut la première question à laquelle il dut répondre. Peut-être, expliqua-t-il, avait-il pu commencer l'initiation de sa tendre amie, la chatte de l'écurie, mais il était peu probable que son enseignement se fût encore étendu bien loin.

« Dans ce cas, déclara Mrs Cornett, Tobermory est peut-être un chat précieux et un charmant animal domestique ; mais, et je suis sûre, Adelaïde, que vous serez de mon avis, il faut se débarrasser sans délai de lui comme de cette chatte de l'écurie.

— Vous ne croyez pas que le quart d'heure qui vient de s'écouler m'a fait plaisir, non ? fit Lady Blemley d'un ton amer. Mon mari et moi sommes très attachés à Tobermory... du moins l'étions-nous avant qu'il ait fait l'objet de cette affreuse expérience ; mais aujourd'hui, bien sûr, la seule solution est de le faire disparaître le plus tôt possible.

— Nous pouvons mettre un peu de strychnine sur les restes du dîner qu'on lui réserve toujours, dit Sir Wilfrid, et je vais de ce pas aller noyer moi-même la chatte de l'écurie. Le palefrenier va être navré, mais je lui expliquerai que les deux bêtes sont atteintes d'une forme de teigne extrêmement contagieuse, et que nous craignons de voir cette maladie gagner le chenil.

— Mais ma grande découverte ! s'écria Mr Appin ; après toutes ces années de recherches et d'expériences...

— Vous pouvez aller vous livrer à des expériences sur les bouvillons de la ferme, qui sont tenus comme il faut, dit Mrs Cornett, ou sur les éléphants du Zoo. Il paraît qu'ils sont extrêmement intelligents et ils ont l'avantage de ne pas venir traîner du côté de nos chambres ni autour de nos fauteuils. »

Un archange proclamant dans l'extase le Millenium pour constater qu'il se heurtait à l'opposition de l'*Osservatore Romano* n'aurait guère pu sembler plus dépité que Cornelius quand il vit l'accueil que l'on réservait à ses étonnants travaux. Mais l'opinion publique s'était prononcée contre lui ; en fait, si l'on avait procédé à une consultation sur ce sujet, sans doute la majorité aurait-elle décidé de lui appliquer également le régime de la strychnine.

Faute d'horaires de trains commodes, et par désir aussi de voir les choses dûment réglées, le week-end ne se termina pas sur une débandade générale, mais le dîner ce soir-là ne fut guère une réussite sur le plan mondain. Sir Wilfrid avait eu quelques difficultés avec la chatte de l'écurie, et ensuite avec le palefrenier. Agnès Resker se borna ostensiblement à ne manger qu'une bouchée de toast sans beurre, qu'elle mordit comme s'il s'agissait d'un ennemi personnel ; tandis que Mavis Pellington observait tout au long du repas un silence vengeur. Lady Blemley s'efforça d'entretenir ce qu'elle croyait être la conversation, mais elle ne quittait pas des yeux la porte. Une pleine assiette de déchets de poisson savamment empoisonnés attendait sur le buffet, mais entremets et dessert furent servis sans que Tobermory eût fait la moindre apparition, que ce fût dans la salle à manger ou dans la cuisine.

Ce dîner sépulcral fut joyeux auprès de la veillée qui suivit dans le fumoir. Le fait de manger et de boire avait du moins apporté une diversion et distrait les esprits de la gêne qui pesait sur eux. Dans l'état de tension où chacun se trouvait, il n'était pas question de jouer au bridge, et quand Odo Finsberry eut donné une lugubre interprétation de « Mélisande au Bois » devant un public glacé, on évita d'un accord tacite la musique. A onze heures, les domestiques allèrent se coucher, en annonçant qu'on avait comme de coutume laissé ouverte la petite fenêtre de l'office pour permettre à Tobermory de rentrer. Les invités dévorèrent le stock de magazines qui se trouvaient là, en arrivèrent bientôt à l'édition des « Classiques pour Tous » et à la collection reliée du *Punch*. Lady Blemley se rendait régulièrement dans l'office d'où elle revenait chaque fois avec une expression de désespoir qui prévenait toute question.

A deux heures du matin, Clovis rompit le silence.

« Il ne rentrera pas ce soir. Il doit être actuellement au bureau du journal local en train de dicter le premier chapitre de ses mémoires. Ça va être l'événement du jour. »

Ayant ainsi contribué à l'allégresse générale, Clovis monta se coucher. A de longs intervalles, les divers invités imitèrent son exemple.

Les domestiques qui venaient servir la tasse de thé matinale firent la même réponse à la même question que chacun leur posait. Tobermory n'était pas rentré.

Le petit déjeuner fut, si possible, plus pénible encore que le dîner, mais on n'avait pas fini de le prendre que la situation s'était brusquement éclaircie. Un jardinier rapporta le corps de Tobermory qu'il venait de découvrir dans la haie. D'après les traces de morsure qu'il portait à la gorge et les poils jaunes qu'il avait encore aux griffes, on devina sans peine qu'il avait succombé lors d'une lutte inégale avec le gros chat du presbytère.

Vers midi, la plupart des invités avaient quitté

le château, et après le déjeuner, Lady Blemley avait suffisamment recouvré ses esprits pour écrire au pasteur une lettre extrêmement désagréable à propos de la perte de son cher matou.

Tobermory avait été le premier élève d'Appin à connaître le succès, et il devait demeurer le seul. Quelques semaines plus tard, un éléphant du Jardin Zoologique de Dresde, qui n'avait jusqu'alors manifesté aucun signe d'irritabilité, se mit soudain en colère et tua un Anglais qui semblait l'avoir taquiné. Selon les journaux, le nom de la victime était orthographié Oppin ou Eppelin, mais le prénom était immanquablement Cornelius.

« S'il essayait d'enseigner les verbes irréguliers à cette pauvre bête, déclara Clovis, il n'a eu que ce qu'il méritait. »

CAMILLE

« Toutes les histoires de chasse sont les mêmes, dit Clovis ; c'est comme pour les histoires de courses et comme toutes...

— Mon histoire de chasse ne ressemble à rien de ce que vous avez jamais entendu, expliqua la baronne. Cela s'est passé il y a fort longtemps, quand j'avais vingt-trois ans. A cette époque, je n'étais pas séparée du baron ; vous comprenez, nous ne pouvions ni l'un ni l'autre nous permettre de servir à l'autre une pension séparée Et, malgré tout ce que peuvent dire les proverbes, la pauvreté fait plus pour cimenter une union que pour la détruire. Mais nous chassions toujours avec des meutes différentes. Tout cela n'a d'ailleurs rien à voir avec l'histoire.

— Nous ne sommes pas encore au rendez-vous. Car j'imagine qu'il y avait un rendez-vous, dit Clovis.

— Bien sûr qu'il y avait un rendez-vous, dit la baronne ; toute la bande habituelle était là, et notamment Constance Broddle. Constance est une de ces filles robustes et épanouies, qui s'accommodent aussi bien d'un paysage d'automne que des décorations de Noël dans une église. « J'ai le pressentiment qu'il va arriver quelque chose d'affreux, me dit-elle ; vous ne me trouvez pas pâle ? »

« Elle était à peu près aussi pâle qu'une betterave à qui l'on viendrait d'annoncer tout à coup une mauvaise nouvelle.

« Vous avez l'air plus ravissante encore que de coutume, dis-je. Mais c'est si facile pour vous. » Avant qu'elle eût pleinement assimilé le sens de cette remarque, nous étions déjà à l'ouvrage ; les chiens avaient débûché un renard tapi parmi les ajoncs.

-- J'en étais sûr, observa Clovis ; dans toutes les histoires de chasse que j'ai entendues, il y a un renard et des ajoncs.

— Constance et moi étions bien montées, poursuivit la baronne, et nous n'eûmes aucun mal à suivre la meute, bien que le train fût assez dur. Vers la fin, cependant, nous dûmes mener une action un peu trop indépendante, car nous perdîmes contact avec les chiens et nous nous trouvâmes en train d'errer sans but à des lieues de tout. C'était exaspérant, et je commençais insensiblement à perdre patience quand, en poussant à travers une haie, nous eûmes le plaisir d'apercevoir les chiens qui donnaient de la voix dans un creux juste au-dessous de nous.

« Les voilà », s'écria Constance, puis elle ajouta d'une voix haletante : « Bonté divine, qu'est-ce qu'ils chassent là ? »

« Ce n'était assurément pas un renard ordinaire. L'animal était bien deux fois plus haut, il avait une vilaine tête courte et un cou monstrueux.

« C'est une hyène, m'écriai-je ; elle a dû s'échapper du parc de Lord Pabham. »

A ce moment, la bête traquée se retourna pour faire face à ses poursuivants, et les chiens (ils n'étaient guère qu'une douzaine) se postèrent en demi-cercle, l'air stupide. De toute évidence, ils s'étaient séparés du reste de la meute pour suivre cette nouvelle piste, et maintenant qu'ils avaient traqué leur proie ils ne savaient plus très bien qu'en faire.

« L'hyène salua notre approche avec un soulagement indéniable et nous prodigua les manifestations d'amitié. Elle avait sans doute l'habitude de voir les humains la traiter avec bonté, alors que son premier contact avec une meute lui avait laissé une mauvaise impression. Les chiens semblaient plus gênés que jamais, tandis que leur proie soudain nous faisait fête, et l'écho affaibli d'un cor dans le lointain leur donna le bienheureux signal d'un départ discret. Constance, l'hyène et moi restâmes seules dans le crépuscule qui tombait.

« Qu'allons-nous faire ? demanda Constance.

— Vous êtes très forte pour les questions, dis-je.

— En tout cas, nous ne pouvons quand même pas passer toute la nuit ici avec une hyène, répliqua-t-elle.

— J'ignore quelle conception vous avez du confort, dis-je, mais je ne songerais pas davantage à passer toute la nuit ici, même sans hyène. Mon foyer n'est peut-être pas des plus heureux, mais du moins y ai-je l'eau courante chaude et froide, des domestiques et d'autres commodités que nous ne trouverions certainement pas ici. Nous ferions mieux de gagner cette ligne d'arbres sur la droite ; j'imagine que la route de Crowley est juste derrière.

« Nous suivîmes au petit trot un chemin charretier à peine tracé, tandis que la bête nous suivait gaiement.

« Qu'allons-nous pouvoir faire de cette hyène? ne manqua pas de demander Constance.

— Que fait-on généralement des hyènes ? ripostai-je sèchement.

— Je n'ai jamais eu affaire avec aucune de ces bêtes, dit Constance.

— Oh, moi non plus. Si encore nous connaissions son sexe, nous pourrions lui donner un nom. Peut-être pourrions-nous l'appeler Camille. Cela conviendrait dans les deux cas.

« Il y avait encore assez de jour pour nous permettre de distinguer les bords du chemin, et nous reprîmes quelque courage en apercevant un petit Gitan à demi nu qui cueillait des mûres dans un buisson. La brusque apparition de deux cavaliers et d'une hyène le fit détaler en criant, et de toute façon nous n'aurions guère pu glaner auprès de lui des précisions géographiques valables ; mais peut-être allions-nous tomber un peu plus loin sur un campement de Gitans. Nous poursuivîmes notre route pendant un ou deux kilomètres, le cœur empli d'un espoir que rien ne venait encore combler.

— Je me demande ce que cet enfant faisait là, finit par dire Constance.

— Il cueillait des mûres. C'est évident.

— Je n'aime pas sa façon de crier, reprit Constance ; ses cris me résonnent encore aux oreilles.

« Je ne voulus point reprocher à Constance ses idées morbides ; à vrai dire la même impression d'être poursuivie par des gémissements incessants s'imposait à mes nerfs déjà fort éprouvés. Désireuse d'avoir quelque compagnie, j'appelai Camille qui s'était attardé. En quelques souples bonds, l'animal nous eut rejointes puis dépassées.

« J'eus alors l'explication des gémissements qui nous faisaient escorte. L'hyène tenait entre ses dents d'une étreinte ferme, et sans doute douloureuse, le petit Gitan.

— Bonté divine ! s'écria Constance, qu'allons-nous faire ? Qu'allons-nous faire ?

— Je suis convaincue que la Constance du Jugement Dernier posera plus de questions qu'aucun des autres Séraphins.

— Enfin, il faut faire quelque chose, insista-t-elle, au bord des larmes, tandis que Camille trottait sans effort devant nos montures harassées.

« Personnellement, je fis tout ce dont j'étais capable pour l'instant : je tempêtai, je grondai, je flattai, en anglais, en français, en langage de garde-chasse ; je cinglai vainement l'air de ma cravache ; je lançai sur l'horrible bête mon panier-repas ; je ne vois vraiment pas ce que j'aurais pu faire de plus. Nous avancions toujours dans le crépuscule qui tombait, précédées de ce monstre dont on apercevait devant nous la forme sombre, et tandis qu'une lugubre mélopée retentissait à nos oreilles. Tout à coup, Camille bondit au milieu d'un fourré où nous ne pouvions le suivre ; les gémissements se changèrent en cris perçants puis cessèrent brusquement. Je passe toujours assez vite sur cette partie de mon récit, car c'est assez horrible. Quand l'animal nous rejoignit après une absence de quelques minutes, il arborait un air de patiente compréhension, comme s'il avait conscience d'avoir commis un acte que nous désapprouvions mais qu'il estimait pour sa part parfaitement justifiable.

— Comment pouvez-vous laisser ce monstre affamé trotter à vos côtés ? demanda Constance. Elle ressemblait plus que jamais à une betterave albinos.

— D'abord, je ne peux pas l'en empêcher, dis-je ; et puis, il est peut-être bien des choses, mais je doute qu'il soit affamé pour le moment.

« Constance frémit. « Croyez-vous que le pauvre petit ait beaucoup souffert ? » Car elle avait le don des questions inutiles.

— Certains indices le laissent penser, répondis-je ; mais bien sûr, peut-être criait-il par pur mauvais caractère. Vous savez comme sont les enfants.

« Il faisait presque nuit noire quand nous débouchâmes sur la grand-route. La lueur des phares d'une voiture et le rugissement d'un moteur nous dépassèrent en même temps, désagréablement proches. Une seconde plus tard, il y eut un choc sourd et un brusque hurlement ainsi qu'un coup de frein violent. La voiture s'arrêta et quand j'arrivai à sa hauteur, je trouvai un jeune homme penché sur une masse sombre qui gisait immobile sur le bas-côté.

— Vous avez tué mon Camille, m'exclamai-je amèrement.

— Je suis vraiment navré, dit le jeune homme. J'ai des chiens moi-même, alors je comprends ce que vous devez ressentir. Je ferai n'importe quoi pour réparer.

— Je vous en prie, enterrez-le tout de suite,

dis-je. Je crois que je peux vous demander cela.

— William, apportez la pelle, cria-t-il au chauffeur.

« De toute évidence, les inhumations au bord de la route étaient des incidents contre lesquels il importait de se prémunir. Il fallut un moment pour creuser une fosse assez grande.

— Belle bête, vraiment, dit l'automobiliste après avoir fait rouler le corps dans la tombe. Ce devait être un animal de prix.

— Il s'était classé second dans la catégorie des chiots à Birmingham l'année dernière, déclarai-je résolument.

« Constance renifla bruyamment.

— Ne pleurez pas, chérie, dis-je d'une voix brisée ; ça n'a duré qu'un instant. Il n'a pas pu souffrir beaucoup.

— Ecoutez, dit le jeune homme, au comble du désespoir, il faut que vous me laissiez faire quelque chose pour réparer.

« Je refusai avec douceur, mais comme il insistait je lui donnai mon adresse.

« Bien entendu, nous gardâmes le silence sur ce qui s'était passé au début de la soirée. Lord Pabham ne souffla jamais mot de la disparition de sa hyène ; quand un ou deux ans plus tôt un animal strictement herbivore s'échappa de son zoo, force lui fut de verser des indemnités à onze éleveurs de moutons et ce fut à ses frais que furent pratiquement repeuplées les basses-cours du voisinage ; alors une hyène échappée lui aurait coûté l'équivalent d'un emprunt d'Etat. Les Gitans se montrèrent tout aussi discrets sur la disparition de leur jeune compagnon ; je ne crois pas que, dans de grands camps, ils savent combien il y a vraiment d'enfants, à une ou deux unités près. »

La baronne marqua un temps, puis reprit :

« Cette aventure eut pourtant une suite. Je reçus par la poste une charmante petite broche en diamants, avec le nom de Camille gravé sur une branche de romarin. Je dois ajouter que je perdis également l'amitié de Constance Broddle. Vous comprenez, quand je vendis la broche, je refusai tout net de lui donner une part des bénéfices. Je lui fis remarquer que le côté Camille de l'affaire était ma propre invention et que le côté hyène regardait Lord Pabham, en admettant que ç'eût vraiment été sa hyène, ce dont, naturellement, je n'ai aucune preuve. »

LA SOURIS

Théodoric Voler avait été élevé, depuis sa plus tendre enfance jusqu'aux confins de la maturité, par une mère au cœur tendre dont le principal souci avait été d'épargner à son fils ce qu'elle appelait les grossières réalités de l'existence. En mourant, elle laissa Théodoric seul dans un monde qui était aussi réel que jamais et beaucoup plus grossier que cela ne lui semblait nécessaire. Pour un homme de son tempérament et de son éducation, même un simple voyage en chemin de fer abondait en menus ennuis et en désagréments mineurs, et lorsqu'il s'installa dans un compartiment de seconde classe un matin de septembre, ce fut avec une impression de contrariété et de désagrément. Il avait séjourné dans un presbytère de campagne, dont les occupants n'étaient certes pas plus enclins à la brutalité qu'aux bacchanales, mais leurs façons de mener la maison étaient empreintes de cette négligence qui conduit au désastre. La voiture à cheval qui devait le conduire à la gare n'avait pas été demandée à temps et, quand le moment de son départ approcha, on ne trouva nulle part le valet qui l'aurait dû atteler. Dans cette circonstance critique, Théodoric, avec un dégoût qui n'en était pas moins intense pour ne pas s'exprimer, se trouva dans l'obligation d'aider la fille du pasteur à harnacher le cheval, ce qui le contraignit à fouiller en tâtonnant dans un appentis mal éclairé baptisé du nom d'écurie et qui sentait effectivement l'étable, sauf par endroits où cela sentait la souris. Sans avoir à proprement parler peur des souris, Théodoric les rangeait au nombre des aspects grossiers de la vie et considérait que la Providence, au prix d'un peu de courage moral, aurait pu depuis longtemps convenir que leur présence n'était pas indispensable et les retirer donc de la circulation. Tandis que le train sortait doucement de la gare, l'imagination nerveuse de Théodoric l'accusait d'exhaler une faible odeur d'écurie, et peut-être d'arborer un ou deux brins de paille moisie sur ses vêtements d'ordinaire si bien brossés. Par bonheur, le seul autre occupant du compartiment, une dame du même âge environ que lui, semblait plus disposée à dormir qu'à le dévisager ; le train ne devait pas s'arrêter avant le terminus, qu'il devait atteindre au bout d'une heure, et c'était un de ces vieux wagons sans couloir : aucun nouveau compagnon de voyage ne devait donc venir troubler la quasi-solitude de Théodoric. Et pourtant, à peine le train avait-il atteint sa vitesse normale que force lui fut de constater à regret qu'il n'était pas seul avec la dame assoupie ; qu'il n'était même pas seul dans ses vêtements. Une présence tiède et rampante sur sa chair trahissait la présence inopportune et hautement désagréable, invisible mais poignante, d'une souris égarée, qui avait dû chercher refuge là durant l'épisode du harnachement du cheval. Des coups de pied furtifs, de brusques secousses et des pincements distribués au hasard ne réussirent pas à déloger l'intruse, dont la devise semblait être « Excelsior »; et le légitime occupant des vêtements se carra contre la banquette en s'efforçant de trouver rapidement un moyen de mettre un terme à cette souveraineté jumelée. Il ne pouvait envisager la perspective de passer une heure entière dans l'affreuse situation d'un asile pour souris errantes (déjà son imagination avait au moins doublé les effectifs de l'invasion étrangère). D'un autre côté, seule une mesure aussi radicale qu'un déshabillage partiel le débarrasserait de son bourreau, et se déshabiller en présence d'une dame, fût-ce dans un but aussi louable, était une idée qui faisait monter jusqu'au bout de ses oreilles le rouge de la honte la plus abjecte. Il n'avait jamais pu se résoudre à exposer aux yeux du beau sexe ne serait-ce que des chaussettes ajourées. Et pourtant, en l'occurrence, la dame semblait dormir d'un sommeil profond ; la souris, de son côté, paraissait s'efforcer de satisfaire en quelques minutes un goût frénétique pour les déplacements. S'il y a une once de vérité dans la théorie de la métempsychose, cette souris avait certainement dû être dans une vie antérieure membre du club alpin. Par moments, dans son ardeur, elle perdait prise et glissait d'un centimètre ou deux ; puis, dans un mouvement de frayeur, ou plus probablement de colère, elle mordait. Théodoric se trouva donc poussé à entreprendre l'action la plus audacieuse de sa vie. Rouge comme une betterave et fixant un regard angoissé sur sa compagne de voyage assoupie, il s'empressa de fixer sans bruit les extrémités de sa couverture de voyage aux filets fixés de chaque côté du compartiment, de façon à tendre entre sa compagne et lui un rideau substantiel. Dans l'étroit vestiaire ainsi improvisé, il entreprit avec une hâte désordonnée de s'extirper partiellement et d'extirper totalement la souris des diverses couches de tweed et de lainages dont il était vêtu. Au moment où la souris ainsi découverte sautait affolée sur le plancher, la couverture, se détachant à chacune de ses extrémités, tomba dans un bruit feutré qui serra le cœur de Théodoric, et presque au même instant la dormeuse tirée de son sommeil ouvrit les yeux. D'un mouvement presque plus vif encore que celui de la souris, Théodoric se précipita sur la couverture et en ramena les amples plis afin de couvrir jusqu'au menton son anatomie dévoilée, tandis qu'il s'effondrait dans le coin opposé du compartiment. Le cœur battant, le rouge au front, il attendit sans un mot d'entendre tirer le signal d'alarme. La dame, toutefois, se contenta de contempler sans rien dire son compagnon étrangement emmitouflé. Qu'avait-elle vu, se demandait Théodoric, et en tout cas que pouvait-elle bien penser de la posture dans laquelle il se trouvait ?

« Je crois que j'ai attrapé un rhume, se risqua-t-il à dire en désespoir de cause.

— Vraiment, je suis navrée, répondit-elle. J'allais justement vous demander de bien vouloir ouvrir cette fenêtre.

— Je crois que c'est la malaria, ajouta-t-il, avec un léger claquement de dents, dû tout autant à la frayeur qu'à l'envie d'accréditer sa théorie.

— J'ai du cognac dans mon fourre-tout, si vous voulez bien le prendre dans le filet, proposa la dame.

— Jamais de la vie... je veux dire, je ne prends jamais rien dans ces cas-là, lui affirma-t-il avec énergie.

— Je suppose que vous avez attrapé cela aux Tropiques ? »

Théodoric, dont les rapports avec les Tropiques se limitaient au cadeau annuel d'un coffre de thé que lui adressait un oncle de Ceylan, eut le sentiment que même la malaria lui faisait faux bond. Serait-ce possible, se demanda-t-il, de dévoiler à sa compagne la véritable situation par fragments progressifs ?

« Avez-vous peur des souris ? hasarda-t-il, en rougissant encore davantage, si la chose était possible.

— Pas à moins qu'elles ne soient légion, comme celles qui ont dévoré l'évêque Hatto. Pourquoi me demandez-vous cela ?

— J'en avais une à l'instant qui s'était glissée à l'intérieur de mes vêtements, dit Théodoric d'une voix qui semblait à peine la sienne. C'était une situation fort désagréable.

— Je veux bien le croire, si vos vêtements sont le moins du monde ajustés, observa-t-elle ; mais les souris ont d'étranges conceptions du confort.

— Il a fallu que je m'en débarrasse pendant que vous dormiez », continua-t-il. Puis, d'une voix étranglée, il ajouta : « C'est en me débarrassant d'elle que je me suis retrouvé dans... dans cet état.

— Ce n'est tout de même pas en chassant une malheureuse petite souris que vous vous êtes trouvé pris de frissons », s'exclama-t-elle, avec une légèreté que Théodoric jugea abominable.

De toute évidence, elle avait deviné quelque chose de sa triste situation, et elle savourait sa confusion. Tout le sang qu'il avait dans le corps lui semblait mobilisé à la hauteur de ses joues, et il sentit une vague d'humiliation, plus affreuse qu'une myriade de souris, lui ronger l'âme. Puis, à mesure que la raison lui revenait, l'humiliation cédait la place à la terreur pure et simple. Chaque minute qui passait approchait le train du terminus grouillant de voyageurs ou des douzaines d'yeux scrutateurs remplaceraient cet unique regard paralysant qui l'observait de l'autre coin du compartiment. Il restait une chance infime dont les quelques minutes suivantes allaient décider : sa compagne de voyage allait peut-être retomber dans une bienheureuse torpeur. Mais à mesure que les minutes s'écoulaient, cette chance diminuait. Le regard furtif que Théodoric lui jetait de temps en temps ne découvrait que deux yeux bien éveillés et qui ne cillaient même pas.

« Je crois que nous devons approcher », finit par observer la dame.

Théodoric avait déjà remarqué avec une terreur grandissante la présence de vilaines petites maisons de plus en plus nombreuses, qui annonçaient le terme du voyage. Les mots de sa compagne eurent sur lui l'effet d'un signal. Comme une bête traquée que l'on vient de débucher et qui se précipite, éperdue, vers quelque autre havre provisoire, il repoussa sa couverture et entreprit avec une hâte frénétique de passer de nouveau ses vêtements. Il voyait les mornes gares de banlieue défiler derrière la fenêtre, il avait la gorge serrée, le cœur qui battait à tout rompre, et il avait conscience d'un silence glacé dans ce coin vers lequel il n'osait pas tourner ses regards. Puis, quand il se laissa retomber à sa place, de nouveau vêtu et au bord du délire, le train ralentit pour s'arrêter définitivement, et la femme parla.

« Voudriez-vous être assez aimable, demanda-t-elle, pour me trouver un porteur qui m'accompagne jusqu'à un taxi ? Je suis navrée de vous déranger alors que vous êtes souffrant, mais on se sent si désemparé dans une gare quand on est aveugle. »

LA CURE D'AGITATION

Sur le filet du compartiment, en face de Clovis, se trouvait un robuste sac de voyage portant une étiquette soigneusement calligraphiée avec l'inscription « J. P. Huddle, La Garenne, Tilfield, par Slowborough ». Juste en dessous du filet était assise l'incarnation humaine de l'étiquette, un individu solide, sobrement vêtu, sobre dans ses propos comme dans ses gestes. Même sans tenir compte de sa conversation (qui s'adressait à un ami assis auprès de lui, et qui portait principalement sur des sujets tels que la lenteur des jacinthes romaines et la fréquence des cas de rougeole au presbytère), on aurait pu tracer assez précisément le portrait moral et mental du propriétaire de la valise. Mais il semblait peu disposé à laisser travailler l'imagination de l'observateur, et ses propos ne tardèrent pas à prendre un tour personnel et même introspectif.

« Je ne sais pas comment cela se fait, dit-il à son ami, je n'ai guère plus de quarante ans, mais il semble que je me sois bien engagé dans la routine de l'âge mûr. Ma sœur présente la même tendance. Nous aimons que tout soit exactement à sa place habituelle ; nous aimons que les choses se passent exactement à l'heure fixée ; nous aimons que tout soit coutumier, ordonné, ponctuel et méthodique, à un cheveu, à une minute près. Sinon, cela nous affllige, cela nous bouleverse. Tenez, pour prendre un exemple tout à fait insignifiant, une grive bâtit chaque année son nid dans le noyer planté sur la pelouse ; eh bien, cette année, je ne sais pour quelle raison, elle a fait son nid dans le lierre qui tapisse le mur du jardin. Nous n'en avons guère parlé, mais je suis persuadé que nous estimons tous deux ce changement inutile et même un peu agaçant.

— Peut-être, dit l'ami, s'agit-il d'une autre grive.

— Nous y avons pensé, dit J. P. Huddle, et je crois que cela nous agace encore davantage. Nous n'estimons pas avoir besoin d'un changement de grive à notre âge ; et pourtant, comme je vous le disais, nous sommes à peine parvenus à un âge où ce genre de choses devrait se faire sentir.

— Ce qu'il vous faut, dit l'ami, c'est une cure d'agitation.

— Une cure d'agitation ? Je n'ai jamais entendu parler de ça.

— Vous avez bien entendu parler de cure de repos pour les gens épuisés par trop de soucis, par une tension nerveuse trop grande ; eh bien, vous souffrez d'un excès de repos et de calme, et ce qu'il vous faut, c'est le traitement opposé.

— Mais où vous fait-on cela ?

— Oh, vous pourriez vous présenter comme candidat orangiste à Kilkenny, faire quelques visites de charité dans les quartiers louches de Paris, ou donner une série de conférences à Berlin pour expliquer que presque toute la musique de Wagner a été écrite par Gambetta ; il y a toujours aussi la ressource de faire un voyage dans l'intérieur du Maroc. Mais, pour être véritablement efficace, c'est chez soi qu'on doit essayer la cure d'agitation. Je ne sais pas cependant comment vous pourriez vous y prendre. »

Ce fut à ce point précis de la conversation que Clovis se passionna. Après tout, la visite de deux jours qu'il devait faire à un vieux parent à Slowborough ne s'annonçait pas particulièrement excitante. Avant que le train se fût arrêté en gare, Clovis avait inscrit sur sa manchette gauche les mots suivants : « J. P. Huddle, La Garenne, Tilfield, par Slowborough ».

***

Deux matins plus tard, Mr Huddle vint troubler la tranquillité de sa sœur qui lisait *Country Life* dans le petit salon. C'était le jour, l'heure et l'endroit où elle avait coutume de lire *Country Life*, et cette intrusion était absolument contraire à tous les usages de la maison ; mais il brandissait un télégramme et chez les Huddle les télégrammes étaient considérés comme des manifestations de la main de Dieu. Celui-là tenait d'ailleurs du coup de tonnerre : « Evêque inspectant classes confirmation dans les environs impossible séjourner presbytère à cause rougeole vous demande hospitalité. Envoie secrétaire pour régler détails. »

« Je connais à peine l'évêque ; je ne lui ai

parlé qu'une fois », s'exclama J. P. Huddle, de l'air navré de quelqu'un qui se rend compte trop tardivement de l'imprudence qu'il y a à parler à des évêques qu'on ne connaît pas. Miss Huddle fut la première à reprendre ses esprits ; elle détestait les coups de tonnerre tout autant que son frère, mais son instinct de femme lui soufflait qu'il fallait faire face à ce genre d'éventualités.

« Nous pouvons faire le canard froid au curry », dit-elle. Ce n'était pas le jour du curry, mais la petite enveloppe orange du télégramme justifiait de tels écarts. Son frère ne dit rien, mais du regard, il la remercia de sa bravoure.

« Un jeune monsieur demande à vous voir, annonça la femme de chambre.

— Le secrétaire ! » murmurèrent les Huddle en chœur. Ils se raidirent aussitôt dans une attitude qui proclamait que, bien qu'ils estimassent tous les étrangers coupables, ils étaient prêts à entendre tout ce qu'ils auraient à dire pour leur défense. Le jeune monsieur qui entra dans la pièce avec une élégance un peu hautaine ne correspondait pas à l'idée que Huddle se faisait du secrétaire d'un évêque ; il n'aurait pas imaginé que le personnel épiscopal pût se permettre un article aussi somptueux, alors que tant d'autres objets sollicitaient sa charité. Le visage lui était vaguement familier ; s'il avait accordé plus d'attention au voyageur assis en face de lui dans le train deux jours auparavant, il aurait pu reconnaître Clovis en la personne de son visiteur.

« Vous êtes le secrétaire de l'évêque ? demanda Huddle, avec un respect dont il avait parfaitement conscience.

— Son secrétaire privé, répondit Clovis. Vous

pouvez m'appeler Stanislaus ; peu importe mon autre nom. L'évêque et le colonel Alberti vont peut-être venir déjeuner. De toute façon, moi, je serai là. »

On aurait dit le programme d'une visite royale.

« L'évêque inspecte une classe de confirmation dans les environs, n'est-ce pas ? interrogea Miss Huddle.

— En apparence », répondit-il mystérieusement, après quoi il demanda un plan à grande échelle de la localité.

Clovis était toujours plongé dans un examen, qui semblait fort attentif, de la carte lorsqu'un nouveau télégramme arriva. Il était adressé au « Prince Stanislaus, aux bons soins de Huddle, La Garenne etc. » Clovis y jeta un coup d'œil et annonça : « L'évêque et Alberti n'arriveront qu'en fin d'après-midi. » Puis il se remit à étudier la carte.

Le déjeuner ne fut pas d'une folle gaieté. Le secrétaire princier mangeait et buvait de bon cœur, mais découragea obstinément toute tentative de conversation. A la fin du repas, il éclata soudain d'un sourire radieux, remercia son hôtesse de sa charmante hospitalité et lui baisa la main avec un ravissement teinté de déférence. Miss Huddle se demanda si ce geste évoquait la cour de Louis XIV ou l'attitude répréhensible des Romains envers les Sabines. Ce n'était pas son jour de migraine, mais elle estima que les circonstances étaient une excuse suffisante, et elle se retira dans sa chambre pour avoir le plus de migraine possible avant l'arrivée de l'évêque. Clovis, s'étant enquis du bureau de poste le plus proche, s'éclipsa. Mr Huddle le retrouva deux heures plus tard dans le hall et lui demanda quand l'évêque allait arriver.

« Il est dans la bibliothèque avec Alberti, s'entendit-il répondre.

— Mais pourquoi ne m'a-t-on pas prévenu ? Je ne savais même pas qu'il était là ! s'écria Huddle.

— Personne n'en sait rien, dit Clovis ; et plus nous serons discrets, mieux cela vaudra. Et à aucun prix n'allez le déranger dans la bibliothèque. Ce sont ses consignes.

— Mais pourquoi tout ce mystère ? Qui est Alberti ? Et l'évêque ne prend donc pas le thé ?

— Ce n'est pas du thé que l'évêque est venu chercher ici, mais du sang.

— Du sang ! s'exclama Huddle, qui n'aimait décidément pas la tournure que prenaient les événements.

— Cette nuit va être une grande date dans l'histoire de la chrétienté, annonça Clovis. Nous allons massacrer tous les Juifs de la région.

— Massacrer les Juifs ! fit Huddle, indigné. Vous voulez dire qu'un mouvement général s'est déclenché contre eux ?

— Non, c'est une initiative de l'évêque. Il est en train d'en régler les détails pour l'instant.

— Mais l'évêque est un homme si tolérant, si humain.

— C'est précisément ce qui renforcera l'effet de sa décision. Cela va faire sensation. »

Huddle en était persuadé.

« Mais on le pendra ! s'exclama-t-il, éperdu.

— Une automobile attend pour le conduire jusqu'à la côte où un yacht est sous pression.

— Mais il n'y a pas trente Juifs dans tous les environs, protesta Huddle, dont le cerveau, sous l'effet des chocs répétés auxquels il était soumis depuis le matin, opérait avec l'incertitude d'un télégraphe lors de secousses sismiques.

— Nous en avons vingt-six sur notre liste, dit Clovis, consultant une liasse de documents. Nous n'en aurons que plus de temps pour régler son compte à chacun.

— Vous n'allez tout de même pas me dire que vous envisagez de faire violence à un homme comme Sir Leon Birberry, balbutia Huddle ; c'est un des personnages les plus respectés du pays.

— Il figure sur notre liste, répondit Clovis d'un ton désinvolte ; vous savez, nous avons des hommes à qui nous pouvons nous fier pour faire notre travail, alors nous n'aurons pas besoin de recourir à la main-d'œuvre locale. Et puis nous avons quelques boy-scouts pour nous aider.

— Des boy-scouts !

— Mais oui ; quand ils ont appris qu'il était question d'un vrai massacre, ils ont même montré plus d'ardeur que les hommes.

— Cette affaire sera une tache pour le Vingtième Siècle !

— Et votre maison servira de tampon buvard. Avez-vous songé que la moitié des journaux d'Europe et des Etats-Unis vont en publier la photo ? D'ailleurs, j'ai déjà envoyé au *Matin* et à *Die Woche* quelques photographies de vous-même et de votre sœur que j'ai trouvées dans la bibliothèque ; j'espère que vous n'y voyez pas d'inconvénient. Et aussi un croquis de l'escalier : le massacre se déroulera essentiellement dans l'escalier. »

Les émotions, qui surgissaient dans l'esprit de J. P. Huddle, étaient presque trop intenses pour s'exprimer par la parole, mais il parvint quand même à articuler : « Il n'y a pas de Juif dans cette maison.

— Pas pour le moment, dit Clovis.

— Je vais alerter la police, cria Huddle dans un brusque sursaut d'énergie.

— Dans les buissons, expliqua Clovis, sont postés dix hommes qui ont l'ordre de tirer sur quiconque sort de la maison sans que j'aie donné le signal annonçant qu'il en a l'autorisation. Un autre groupe armé est embusqué près de la grille. Les boy-scouts surveillent l'entrée de service. »

A ce moment, on entendit dans l'allée le joyeux hurlement d'un klaxon. Huddle se précipita vers la porte, avec le sentiment d'un homme qui s'éveille à demi d'un cauchemar et il aperçut Sir Leon Birberry qui venait d'arriver au volant de sa voiture. « J'ai reçu votre télégramme, dit-il ; qu'est-ce qui se passe ? »

Un télégramme ? Décidément, c'était la journée.

« Venez tout de suite. Urgent. James Huddle », tel était le texte du message qui apparut aux yeux ahuris de Huddle.

« Je comprends tout ! » s'exclama-t-il soudain d'une voix tremblante d'affolement. Et, lançant un regard inquiet vers les buissons, il entraîna Birberry stupéfait dans la maison. On venait de servir le thé dans le hall, mais Huddle, éperdu, emmena malgré ses protestations son hôte jusqu'au premier étage ; au bout de quelques minutes, toute la maisonnée avait été rassemblée dans ce havre provisoire. Clovis faisait seul honneur au thé ; quant aux fanatiques de la bibliothèque, ils étaient de toute évidence bien trop plongés dans leurs monstrueuses machinations pour perdre leur temps avec une tasse de thé et un toast bien chaud. Une fois, le jeune homme se leva pour aller répondre à un coup de sonnette à la porte de la rue, et il ouvrit la porte à Mr Paul Isaacs, cordonnier et membre du conseil de paroisse, qui avait également été convoqué d'urgence à La Garenne. Avec un affreux simulacre de courtoisie que n'aurait pas désavoué un Borgia, le secrétaire escorta son nouveau captif jusqu'en haut de l'escalier où son hôte involontaire l'accueillit.

Ce fut alors une longue et horrible attente. A une ou deux reprises, Clovis quitta la maison pour aller jusqu'aux buissons, regagnant ensuite la bibliothèque, évidemment pour faire un bref rapport. Vers le soir, il prit le courrier des mains du facteur et monta les lettres au premier étage avec une impeccable politesse. Après s'être absenté une nouvelle fois, il s'avança jusqu'au milieu de l'escalier pour annoncer une nouvelle.

« Les boy-scouts ont mal compris mon signal et ils ont abattu le facteur. Vous savez, j'ai très peu l'habitude de ce genre de choses. Je tâcherai de faire mieux la prochaine fois. »

La femme de chambre, qui était fiancée au facteur, donna libre cours à un bruyant chagrin.

« N'oubliez pas que votre maîtresse a la migraine », observa J. P. Huddle. (La migraine de Miss Huddle en effet empirait.)

Clovis redescendit précipitamment et, après une courte visite dans la bibliothèque, s'en revint porteur d'un nouveau message :

« L'évêque est désolé d'apprendre que Miss Huddle souffre de migraine. Il a donné l'ordre pour qu'on évite dans la mesure du possible d'utiliser des armes à feu à proximité de la maison ; toute exécution qui s'avérera nécessaire sur place sera faite à l'arme blanche. L'évêque ne voit pas pourquoi on ne pourrait pas se montrer gentilhomme en même temps que chrétien. »

Ils ne revirent plus Clovis ; il était près de sept heures, et le vieux parent chez lequel il séjournait aimait que l'on s'habillât pour dîner. Mais, bien qu'il les eût quittés pour toujours, le souvenir de sa présence ne cessa de hanter la partie inférieure de la maison durant les longues heures d'une nuit de veille, et chaque craquement de l'escalier, chaque froissement du vent dans les buissons était lourd d'une affreuse signification. Vers sept heures le lendemain matin, le fils du jardinier et le facteur finirent par convaincre les assiégés que le xxe siècle demeurait encore sans tache.

« Je suis sûr, songea Clovis dans le train matinal qui le ramenait à Londres, qu'ils ne me sauront aucun gré de cette cure d'agitation. »

SREDNI VASHTAR

Conradin avait dix ans, et le médecin avait déclaré que l'enfant n'en avait pas pour plus de cinq ans à vivre. Le docteur était un homme doux et efféminé, qui ne comptait guère, mais son opinion était partagée par Mrs De Ropp qui, elle, comptait beaucoup. Mrs De Ropp était la cousine et la tutrice de Conradin, et elle représentait à ses yeux ces trois cinquièmes du monde qui sont nécessaires, désagréables et réels ; les deux autres cinquièmes, en perpétuelle opposition avec les précédents, n'existaient que dans son imagination. Un de ces jours, Conradin pensait qu'il succomberait à l'irrésistible pression des choses nécessaires et ennuyeuses, telles que maladie, interdictions destinées à le faire vivre dans du coton et sempiternel ennui. Sans son imagination, éperonnée par la solitude, il aurait succombé depuis longtemps.

Mrs De Ropp n'aurait jamais voulu s'avouer, dans ses moments de plus grande sincérité, qu'elle détestait Conradin, et pourtant peut-être se rendait-elle vaguement compte que le brimer « pour son bien » était une tâche qui ne lui déplaisait pas particulièrement. Conradin la haïssait avec une farouche sincérité qu'il réussissait admirablement à dissimuler. Les rares plaisirs qu'il parvenait à s'octroyer prenaient une saveur accrue à l'idée qu'ils déplairaient à sa tutrice, à laquelle il interdisait l'accès de son imagination : c'était une créature impure qui ne méritait pas qu'on l'y laissât entrer.

Dans le morne et triste jardin, sur lequel donnaient tant de fenêtres toujours prêtes à s'ouvrir pour qu'une voix lui défendît de faire ceci ou cela, ou lui rappelât que c'était l'heure de son médicament, il ne se plaisait guère. Les rares arbres fruitiers qui s'y trouvaient étaient disposés jalousement hors de son atteinte, comme si c'était de rares spécimens végétaux au milieu d'un désert aride, alors qu'on aurait sans doute eu du mal à trouver un maraîcher qui offrît dix shillings pour la totalité de leur production annuelle. Mais dans un coin oublié, presque dissimulé par un triste buisson, se trouvait une ancienne cabane à outils de proportions respectables, et, entre ses murs, Conradin avait trouvé un havre, quelque chose qui tenait à la fois de la chambre de jeu et de la cathédrale. Il avait peuplé la cabane d'une foule de fantômes familiers, issus en partie de souvenirs de lecture et en partie de sa propre imagination, mais la cabane abritait également deux pensionnaires en chair et en os. Dans un coin vivait une poule de Houdan au plumage dépenaillé, à laquelle l'enfant prodiguait une affection qui n'avait guère d'autres occasions de s'exprimer. Plus au fond, dans l'ombre, il y avait un grand clapier divisé en deux compartiments, dont l'un était fermé par des barres de fer étroitement rapprochées. C'était le repaire d'un gros furet, qu'un garçon boucher ami avait un jour introduit clandestinement avec sa cage dans les lieux qu'il occupait actuellement, en échange des maigres économies amassées en secret par Conradin. Le jeune garçon redoutait terriblement ce petit animal vif aux crocs acérés, mais c'était son bien le plus précieux. Sa présence même dans la cabane à outils lui procurait une joie secrète et redoutable, que devait soigneusement ignorer la Femme, sobriquet sous lequel il désignait secrètement sa cousine. Et un beau jour, Dieu sait comment, il donna à la bête un nom magnifique, et dès cet instant elle devint une divinité et fit l'objet d'un culte. La Femme pratiquait la religion une fois par semaine au temple voisin, et elle y emmenait Conradin, mais pour lui le service religieux était un rite barbare. Tous les jeudis, dans l'ombre silencieuse et humide de la cabane à outils, il célébrait un culte mystérieux et compliqué devant le clapier où habitait Sredni Vashtar, le grand furet. Il déposait devant son autel des coquelicots en été et des baies rouges en hiver, car c'était un dieu qui insistait sur l'aspect farouche et impatient de la vie, contrairement à la religion de la Femme, qui, pour autant que Conradin pût l'observer, s'orientait dans une tout autre direction. Lors des grandes fêtes, on répandait de la noix muscade en poudre devant le clapier, un des aspects importants de ce rite étant que la noix muscade devait être volée. Ces fêtes n'avaient pas lieu à des dates régulières et étaient principalement destinées à célébrer un événement particulier. Quand Mrs De Ropp eut violemment mal aux dents pendant trois jours,

Conradin célébra l'événement tout au long des trois jours, et réussit presque à se persuader que Sredni Vashtar était personnellement responsable de ce mal de dent. Si la maladie avait duré un jour de plus, tout le stock de noix muscade y aurait passé.

La poule de Houdan ne participait jamais au culte de Sredni Vashtar. Conradin avait depuis longtemps décidé que c'était une anabaptiste. Il ne prétendait pas savoir le moins du monde ce qu'était un anabaptiste, mais il souhaitait dans le fond de son cœur que ce fût quelque chose d'un peu tapageur et pas très respectable. Mrs De Ropp était pour lui l'étalon auquel il mesurait sa haine de toute respectabilité.

Au bout de quelque temps, la fréquence des séjours que faisait Conradin dans la cabane à outils commença à attirer l'attention de sa tutrice. « Ce n'est pas bon pour lui de traîner là par tous les temps », décida-t-elle soudain, et un matin au petit déjeuner elle annonça que la poule de Houdan avait été vendue et expédiée la veille au soir. De ses yeux de myope, elle scruta le visage de Conradin, s'attendant à une explosion de rage et de chagrin, à laquelle elle était prête à faire face avec un flot de raisonnements et d'excellents préceptes. Mais Conradin ne dit rien : il n'y avait rien à dire. Quelque chose peut-être sur son visage pâle et crispé inspira à Mrs De Ropp une passagère inquiétude, car avec le thé cet après-midi-là, il y avait des toasts sur la table, friandise qu'elle réprouvait d'ordinaire sous prétexte que c'était mauvais pour lui ; et puis aussi parce que la préparation des toasts « donnait du mal », reproche impardonnable à ses yeux de petite bourgeoise.

« Je croyais que tu aimais les toasts, s'exclama-t-elle, d'un air vexé, en constatant qu'il n'y touchait pas.

— Quelquefois », dit Conradin.

Dans la cabane ce soir-là, il y eut une innovation dans le culte rendu au dieu du clapier. Conradin s'était jusqu'alors contenté d'entonner ses louanges, ce soir-là, il demanda une faveur.

« Fais une chose pour moi, Sredni Vashtar. »

Quelle chose, il ne le précisa pas. Comme Sredni Vashtar était un dieu, il était censé le savoir. Et, étouffant un sanglot en regardant l'autre coin vide, Conradin s'en revint dans le monde qu'il détestait si fort.

Et chaque nuit, dans les ténèbres accueillantes de sa chambre, et chaque soir dans l'ombre de la cabane à outils, Conradin reprenait son amère litanie : « Sredni Vashtar, fais une chose pour moi. »

Mrs De Ropp remarqua que les visites à l'appentis ne cessaient pas, et un jour elle entreprit une nouvelle tournée d'inspection.

« Que gardes-tu dans ce clapier fermé à clef ? demanda-t-elle. Je suis sûre que ce sont des cochons d'Inde. Je vais débarrasser tout ça. »

Conradin crispa les lèvres, mais la Femme perquisitionna dans sa chambre jusqu'à ce qu'elle eût trouvé la clef soigneusement cachée, après quoi elle s'en fut vers la cabane pour parachever sa découverte. C'était un après-midi assez froid et Conradin avait reçu l'ordre de ne pas quitter la maison. De la plus lointaine fenêtre de la salle à manger, on pouvait tout juste distinguer la porte de la cabane par-delà le coin du buisson, et ce fut là que Conradin se posta. Il vit la Femme entrer, puis il l'imagina ouvrant la porte du clapier sacré et examinant de ses yeux de myope l'épaisse litière de paille où se dissimulait son dieu. Peut-être, dans son impatience maladroite, allait-elle fouiller la paille. Et pour la dernière fois Conradin murmura avec ferveur sa prière. Mais il savait, tout en priant, qu'il n'y croyait pas. Il savait que la Femme allait finir par ressortir avec ce sourire pincé qu'il méprisait tant, et que d'ici une heure ou deux le jardinier emporterait son dieu splendide, qui ne serait plus un dieu, mais un simple furet brun dans une cage. Et il savait que la Femme triompherait toujours comme elle allait triompher, et qu'il allait supporter de plus en plus péniblement ses tracasseries, sa domination et sa sagesse autoritaire, jusqu'au jour où plus rien n'aurait d'importance et où les prédictions du docteur se réaliseraient. Et, dans l'amertume de sa défaite, il se mit à entonner d'un air de défi l'hymne de son idole menacée :

Sredni Vashtar s'est avancé,
Ses pensées étaient rouges et ses dents étaient [blanches.
Ses ennemis demandaient la paix, mais il leur a [donné la mort.
Sredni Vashtar le Magnifique.

Et puis soudain, il interrompit son chant et se colla plus près de la vitre. La porte de la cabane était restée entrouverte ; et les minutes s'écoulaient. C'étaient de longues minutes, mais elles ne s'en écoulaient pas moins. Il regardait les étourneaux se poursuivre au-dessus de la pelouse ; il les comptait et les recomptait, un œil toujours fixé sur cette porte qui battait au vent. Une bonne au visage morose vint dresser la table pour le thé, et Conradin ne quitta pas son poste d'observation. L'espoir lentement envahissait son cœur, et une lueur de triomphe se mit à briller dans ses yeux qui n'avaient jusqu'alors connu que la mélancolique patience du vaincu. Avec une exultation furtive, il se remit à chuchoter le péan de victoire et de dévastation. Et sa patience finit par être récompensée : sur ce seuil qu'il guettait apparut une longue bête jaune et brune, basse sur pattes, dont les yeux clignotaient dans le jour déclinant, et qui avait des taches sombres et humides sur son pelage autour des pattes et de la gorge. Conradin tomba à genoux. Le grand furet se dirigea vers un petit ruisseau qui coulait au bas du jardin, but un moment, puis franchit un petit pont de planches et disparut dans les buissons. Ainsi s'en fut Sredni Vashtar.

« Le thé est prêt, dit la domestique au visage morose ; où est Madame ?

— Elle est descendue jusqu'à la cabane à outils tout à l'heure », dit Conradin.

Et tandis que la bonne allait chercher sa maîtresse pour le thé, Conradin prit dans un tiroir du buffet une fourchette à toast et entreprit de se faire rôtir une tranche de pain. Tandis qu'il la faisait griller, qu'il la beurrait abondamment et qu'il la mâchait lentement avec délice, Conradin écouta les bruits et les silences qui se succédaient rapidement derrière la porte de la salle à manger. D'abord le cri stupide de la bonne, les exclamations stupéfaites qui lui faisaient écho du côté de la cuisine, les bruits de pas précipités et les galopades de ceux que l'on envoyait chercher de l'aide, puis après une pause, les sanglots affolés et le piétinement besogneux de ceux qui portaient un lourd fardeau dans la maison.

« Qui donc va annoncer la nouvelle à ce pauvre enfant ? Jamais de la vie je ne pourrai ! » s'écria une voix aiguë. Et, tandis qu'ils débattaient la question entre eux, Conradin se prépara un autre toast.

L'ENQUÊTE

Une paix insolite planait sur la Villa Elseneur, rompue toutefois à de fréquents intervalles par de bruyantes lamentations évoquant un terrible chagrin. Les Momeby avaient perdu leur bébé ; d'où le calme qu'entraînait son absence ; ils le cherchaient sans méthode, en l'appelant sans cesse, ce qui expliquait les cris dont résonnaient la maison et le jardin chaque fois qu'ils s'en revenaient pour explorer de nouveau les parages. Clovis, qui se trouvait momentanément et à contre-cœur un hôte payant à la villa, sommeillait dans un hamac au fond du jardin, quand Mrs Momeby lui avait annoncé la nouvelle.

« Nous avons perdu Bébé, hurla-t-elle.

— Vous voulez dire qu'il est mort, qu'il s'est enfui, ou bien que vous l'avez joué aux cartes et perdu ? demanda nonchalamment Clovis.

— Il trottait gaiement sur la pelouse, dit Mrs Momeby en larmes, et Arnold est arrivé, et je lui demandais quel genre de sauce il aimerait avec les asperges...

— J'espère qu'il a dit une sauce hollandaise, l'interrompit Clovis, dont l'intérêt soudain se ranimait, car s'il y a une chose que j'ai en horreur...

— Et tout à coup, je n'ai plus trouvé Bébé, reprit Mrs Momeby d'une voix plus aiguë encore. Nous l'avons cherché partout, dans la maison, dans le jardin, dehors, on ne le voit nulle part.

— Est-ce qu'on ne l'entend nulle part ? demanda Clovis. Parce que dans ce cas-là, il doit être au moins à trois kilomètres.

— Mais où est-il allé? Et comment? demanda la mère éperdue.

— Peut-être un aigle ou une bête sauvage l'a emporté, suggéra Clovis.

— Il n'y a pas d'aigles ni de bêtes sauvages dans le Surrey, dit Mrs Momeby, mais il y avait dans sa voix une nuance d'horreur.

— De temps en temps, il s'en échappe d'un cirque ambulant. Je crois qu'ils les laissent parfois s'échapper pour la publicité. Pensez quel titre sensationnel cela ferait dans les journaux locaux : « Le jeune fils d'un éminent nonconformiste dévoré par une hyène tachetée. » Votre mari n'est pas un éminent non-conformiste, mais sa mère était d'une famille de Wesleyens, et il faut faire la part de l'exagération des journaux.

— Mais nous aurions trouvé ses restes, sanglota Mrs Momeby.

— Si la hyène avait vraiment faim et ne chipotait pas sa nourriture, il ne devrait pas rester grand-chose. »

Mrs Momeby s'empressa de tourner les talons pour aller chercher conseil et réconfort ailleurs. Avec l'égoïsme coutumier des jeunes mères, elle oublia totalement l'inquiétude qu'avait manifestée Clovis à propos de la sauce accompagnant les asperges. Mais, à peine avait-elle fait un mètre, que le cliquetis de la grille la fit s'arrêter net. Miss Gilbet, de la Villa Peterhof, venait entendre les détails de son malheur. Clovis en avait déjà assez de cette histoire, mais Mrs Momeby possédait ce don impitoyable qui fait qu'on éprouve autant de joie à raconter une histoire pour la quatre-vingt-dixième fois qu'à la première.

« Arnold venait d'arriver ; il se plaignait de ses rhumatismes...

— Il y a tant de sujets de se plaindre dans cette maison que jamais l'idée ne me serait venue de me plaindre de rhumatismes, murmura Clovis.

— Il se plaignait de rhumatismes », poursuivit Mrs Momeby, essayant d'introduire une nuance de réprobation dans une voix où les sanglots le disputaient déjà à une intense excitation.

Elle fut de nouveau interrompue.

« Les rhumatismes, ça n'existe pas », déclara Miss Gilbet. Elle dit cela de cet air de défi délibéré qu'adopte un garçon de restaurant pour annoncer qu'il n'y a plus du bordeaux le meilleur marché figurant sur la carte des vins. Elle n'alla cependant pas jusqu'à proposer l'alternative d'une maladie plus coûteuse, elle se contenta de nier leur existence en bloc.

La nervosité de Mrs Momeby commençait à se faire jour à travers son chagrin.

« Je pense que vous allez dire ensuite que Bébé n'a pas vraiment disparu.

— Il a disparu, convint Miss Gilbet, mais seulement parce que vous n'avez pas la foi suffisante pour le retrouver. C'est seulement un manque de foi de votre part qui empêche qu'on le retrouve sain et sauf.

— Mais si entre-temps il a été dévoré par une hyène et en partie digéré, fit Clovis, qui s'accrochait fidèlement à sa théorie du fauve échappé, je pense que les fâcheux effets de cette situation seraient encore perceptibles ? »

Miss Gilbet parut quelque peu ébranlée par ce nouvel aspect du problème.

« Je suis sûre qu'il n'a pas été mangé par une hyène, fit-elle lamentablement.

— Peut-être que l'hyène est tout aussi certaine du contraire. Vous comprenez, elle peut avoir tout autant de foi que vous, et des notions plus précises sur l'endroit où se trouve actuellement le bébé. »

Mrs Momeby était de nouveau en larmes. « Si vous avez la foi, sanglota-t-elle, saisie d'une heureuse inspiration, est-ce que vous ne voulez pas chercher notre petit Erik pour nous ? Je suis persuadée que vous avez des dons que nous ne possédons pas. » Rose-Marie Gilbet était une fervente et sincère adepte de la Christian-Science ; aux experts en la matière de décider si elle en comprenait les principes ou si elle les exposait correctement. En l'occurrence, elle se trouvait incontestablement devant une occasion inespérée et, se mettant aussitôt en quête, elle appela aussitôt à son aide toutes les ressources de la foi qui était sienne. Elle sortit sur la grand-route, suivie de Mrs Momeby qui lui disait : « C'est inutile d'aller par là, nous avons déjà fouillé de ce côté une douzaine de fois. » Mais les oreilles de Rose-Marie étaient déjà sourdes à tous les avertissements, elles n'entendaient plus que les louanges qu'elle se prodiguait ; car, assis au milieu de la route, jouant d'un air ravi dans la poussière avec des boutons d'or fanés, se trouvait un bébé en langes blancs, avec une touffe de cheveux blonds noués au-dessus d'une tempe avec un ruban bleu pâle. Prenant tout d'abord la précaution bien féminine de s'assurer qu'aucune voiture n'apparaissait à l'horizon, Rose-Marie se précipita vers l'enfant et l'emporta, malgré ses vigoureuses protestations, dans le jardin de la Villa Elseneur. Les hurlements furieux du bébé avaient déjà annoncé la découverte, et les parents, au bord de la crise de nerfs, se précipitèrent sur la pelouse à la rencontre de leur rejeton retrouvé. La valeur esthétique de la scène se trouva quelque peu compromise par la difficulté qu'éprouvait Rose-Marie à retenir le bébé qui se débattait. « Notre petit Erik nous est revenu », criaient les Momeby à l'unisson ; comme l'enfant s'était enfoncé les poings dans les yeux et qu'on ne voyait rien de son visage qu'une bouche béante, cette reconnaissance à elle seule était un véritable acte de foi.

« Est-ce qu'il est content de retrouver papa et maman ? » chantonnait Mrs Momeby. La préférence que manifestait l'enfant pour les boutons d'or et la poussière de la route était si évidente que Clovis estima cette question bêtement déplacée.

« On va lui faire faire un tour sur le rouleau à gazon », proposa le père, tandis que les hurlements ne donnaient aucun signe de vouloir se calmer. On eut tôt fait de placer le bébé à califourchon sur le gros rouleau à gazon que l'on entreprit d'ébranler. Des profondeurs creuses du cylindre jaillit un rugissement à vous déchirer les oreilles, qui noya même les efforts vocaux du bébé, et aussitôt après apparut un enfant vêtu de langes blancs, avec une touffe de cheveux blonds noués au-dessus d'une tempe avec un ruban bleu pâle. On ne pouvait se tromper sur les traits ni sur la puissance vocale du nouveau venu.

« Notre petit Erik, s'écria Mrs Momeby, en se précipitant sur lui et en l'étouffant presque sous les baisers. Est-ce qu'il s'est caché dans le rouleau pour nous faire à tous une grosse frayeur ? »

C'était de toute évidence l'explication de la soudaine disparition de l'enfant et de sa découverte non moins soudaine. Restait cependant le problème de l'autre bébé, abandonné maintenant en larmes sur la pelouse, victime d'une défaveur aussi grande que l'avait été quelques instants plus tôt sa popularité. Les Momeby le regardaient d'un air mauvais comme s'il s'était insinué dans leurs bonnes grâces par de sournoises manœuvres. Le visage de Miss Gilbet prit une coloration cendrée tandis qu'elle contemplait d'un air désemparé la petite silhouette qui quelques instants plus tôt était pour elle un si réjouissant spectacle.

« Quand l'amour est fini, même l'amant ne comprend plus rien à l'amour », déclama Clovis pour son propre compte.

Rose-Marie fut la première à rompre le silence.

« Si c'est Erik que vous avez dans les bras, qui est... celui-ci ?

— C'est à vous, je crois, de l'expliquer, dit Mrs Momeby d'un ton pincé.

— De toute évidence, déclara Clovis, c'est un double d'Erik que la puissance de votre foi a fait naître. La question qui se pose est la suivante : qu'allez-vous en faire ? »

Rose-Marie devint plus pâle encore. Mrs Momeby serra plus fort contre elle le véritable Erik, comme si elle craignait que les facultés surnaturelles de sa voisine n'allassent par pur dépit le transformer en un bocal de poissons rouges.

« Je l'ai trouvé assis au milieu de la route, protesta faiblement Rose-Marie.

— Vous ne pouvez pas le remettre là-bas, dit Clovis. La route est faite pour la circulation, et non pas pour servir de débarras au miracle inutile. »

Rose-Marie éclata en sanglots. Le proverbe qui dit : « Pleurez et vous pleurerez seul » se révéla aussi inexact que la plupart des dictons. Les deux bébés gémissaient de façon lugubre, et les parents Momeby étaient à peine remis de leur récente sécrétion lacrimale. Clovis seul gardait un entrain inébranlable.

« Dois-je le garder toujours ? demanda Rose-Marie d'un ton dolent.

— Pas toujours, dit Clovis, consolateur. Il pourra s'engager dans la marine quand il aura treize ans. » Rose-Marie se remit à sangloter.

« Bien sûr, reprit Clovis, vous aurez sans doute des difficultés sans nombre à propos de son acte de naissance. Il faudra que vous expliquiez l'affaire à l'Amirauté, et ils sont rudement tatillons. »

Ce fut donc avec soulagement qu'on vit une nurse hors d'haleine arriver en courant de la Villa Charlottenburg, pour réclamer le petit

Percy, qui s'était glissé par la grille d'entrée et qui avait disparu.

Clovis, cependant, jugea préférable d'aller en personne à la cuisine pour s'assurer qu'on avait bien fait de la sauce hollandaise pour les asperges.

LE PÉCHÉ SECRET DE SEPTIMUS BROPE

« Qui est et que fait Mr Brope ? » demanda soudain la Tante de Clovis.

Mrs Riversedge, qui taillait les roses fanées sans penser à rien de particulier, tressaillit soudain. C'était une de ces maîtresses de maison à l'ancienne mode qui considèrent qu'on doit savoir quelque chose de ses invités, et que ce quelque chose doit être à leur honneur.

« Je crois qu'il vient de Leighton Buzzard, déclara-t-elle en guise d'explication préliminaire.

— A notre époque de voyage rapide et confortable, déclara Clovis, qui s'efforçait de chasser une colonie de moucherons à grand renfort de fumée de cigarette, venir de Leighton Buzzard, ne dénote pas nécessairement une grande force de caractère. Cela pourrait ne trahir que de l'incapacité de rester en place. Bien sûr, s'il avait quitté la ville à la suite de revers de fortune, ou bien pour protester contre l'incurable frivolité de ses habitants, cela nous révélerait quelque chose à propos de l'homme et de sa mission dans la vie.

— Que fait-il ? demanda Mrs Troyle, poursuivant son interrogatoire.

— Il dirige le *Cathedral Monthly*, répondit son hôtesse, et il sait une foule de choses à propos des ex-voto en cuivre, des transepts, de l'influence du culte byzantin sur la liturgie moderne et toutes ces choses-là. Il est peut-être un peu austère et limité à une spécialité bien particulière, mais il faut toutes sortes de gens pour organiser un week-end réussi, vous savez. Vous ne le trouvez pas trop ennuyeux, non ?

— Je lui pardonnerais volontiers d'être ennuyeux, déclara la Tante de Clovis ; ce que je peux pas supporter, c'est qu'il fasse la cour à ma femme de chambre.

— Ma chère Mrs Troyle, fit Mrs Riversedge stupéfaite, quelle idée extraordinaire ! Je vous assure que Mr Brope n'imaginerait pas dans ses rêves les plus fous de faire une chose pareille.

— Peu m'importe quels sont ses rêves ; il peut bien faire en songe des propositions déshonnêtes à tous les domestiques de la maison. Mais, à l'état de veille, il ne doit pas faire la cour à ma femme de chambre. Inutile de discuter, je suis très ferme sur ce point.

— Mais vous devez faire erreur, insista Mrs Riversedge, Mr Brope serait le dernier à faire une chose pareille.

— Il est à ma connaissance le premier à le faire, et si j'ai quelque voix au chapitre, il sera certainement le dernier. Bien entendu, je ne fais pas mention ici des amoureux aux intentions respectables.

— Je n'arrive vraiment pas à croire qu'un homme qui écrit des choses si charmantes et si doctes sur les transepts et sur l'influence byzantine puisse faire montre dans son comportement d'une telle absence de principes, dit Mrs Riversedge. Quelle preuve avez-vous qu'il se conduit ainsi ? Je ne doute bien entendu pas de votre parole, mais nous ne devons pas le condamner sans l'entendre tout de même.

— Que nous le condamnions ou non, je puis vous assurer en tout cas que je l'ai entendu. Il occupe la chambre voisine de ma penderie, et à deux reprises, quand il croyait sans doute que j'étais absente, je l'ai clairement entendu dire de l'autre côté de la cloison : « Je vous aime, Florrie. » Les cloisons à cet étage sont particulièrement minces, on entend presque le tic-tac d'une montre dans la pièce à côté.

— Votre femme de chambre s'appelle Florence ?

— Elle s'appelle Florinda.

— Quel nom extraordinaire à donner à une femme de chambre !

— Ce n'est pas moi qui le lui ai donné ; elle est entrée à mon service déjà baptisée.

— Ce que je veux dire, reprit Mrs Riversedge, c'est que, quand je trouve des domestiques qui ont des noms bizarres, je les appelle Jane, elles s'y font très vite.

— Excellente idée, déclara la Tante de Clovis d'un ton pincé ; malheureusement, il se trouve que je m'appelle Jane moi-même. Figurez-vous que c'est mon prénom. »

Elle coupa court aux flots d'excuses de Mrs Riversedge en observant brusquement :

« La question n'est pas de savoir si je dois appeler ma femme de chambre Florinda, mais si Mr Brope a le droit de l'appeler Florrie. Sur ce point, ma réponse est résolument négative.

— Il répétait peut-être les paroles d'une chanson, suggéra Mrs Riversedge. Il existe toutes sortes de ces refrains stupides qui partent d'un nom de femme, continua-t-elle, en se tournant vers Clovis comme s'il était une autorité en la matière. « Vous ne devez pas m'appeler Mary... »

— Loin de moi cette idée, fit Clovis, rassurant. D'abord, j'ai toujours cru que vous vous appeliez Henrietta ; et puis je ne vous connais pas assez pour prendre une pareille liberté.

— Je veux dire qu'il existe une chanson qui a ce refrain, s'empressa d'expliquer Mrs Riversedge. Et puis il y a « Rhode, Rhode avait une pagode », et « Malou est un chou », et des tas d'autres. Bien sûr, ça ne ressemble pas à Mr Brope de chanter des chansons pareilles, mais il me semble que nous devrions lui accorder le bénéfice du doute.

— C'est ce que j'avais fait, déclara Mrs Troyle, jusqu'au moment où j'ai découvert de nouvelles preuves. »

Elle pinça les lèvres, de l'air résolu de quelqu'un qui savoure l'heureuse certitude qu'on va la supplier de les rouvrir.

« De nouvelles preuves! s'exclama son hôtesse. Dites-moi donc !

— Comme je montais l'escalier après le petit déjeuner, Mr Brope passait devant ma chambre. De la façon la plus naturelle du monde, un bout de papier est tombé d'un paquet qu'il tenait à la main et est venu se poser juste devant ma porte. J'allais lui crier : « Vous avez perdu quelque chose, » et puis je ne sais pourquoi, je n'ai rien dit et j'ai attendu pour me montrer qu'il ait regagné sa chambre. Vous comprenez, j'ai pensé que j'étais très rarement dans ma chambre à cette heure-là, et que Florinda s'y trouvait presque toujours en train de faire le ménage. J'ai donc ramassé ce bout de papier qui avait l'air bien innocent. » Mrs Troyle marqua de nouveau une pause, de l'air satisfait de quelqu'un qui vient de découvrir un aspic en train de rôder dans une charlotte aux pommes.

Mrs Riversedge se mit à tailler vigoureusement le buisson de roses le plus proche, décapitant accidentellement une Vicomtesse Folkestone, qui venait tout juste de fleurir.

« Qu'est-ce qu'il y avait sur le papier ? demanda-t-elle.

— Rien que ces mots au crayon : « Je vous aime, Florrie », et dessous barré d'un trait léger mais parfaitement lisible : « rendez-vous au jardin, près de la closerie ».

— Il y a effectivement une petite closerie au fond du jardin, reconnut Mrs Riversedge.

— En tout cas, il a l'air sincère, observa Clovis.

— Pensez qu'un scandale de cette sorte se déroule sous mon toit ! fit Mrs Riversedge avec indignation.

— Je me demande pourquoi un scandale paraît toujours plus grave quand il éclate sous un toit, remarqua Clovis. J'ai toujours considéré comme une preuve de la délicatesse supérieure de la gent féline, que la plupart de ses scandales aient lieu sur les gouttières.

— Maintenant que j'y pense, reprit Mrs Riversedge, il y a certaines choses à propos de Mr Brope que je n'ai jamais pu m'expliquer. Son revenu, par exemple : il ne gagne que deux cents livres par an comme directeur du *Cathe-*

dral Monthly, et je sais qu'il est d'une famille très pauvre et qu'il n'a aucune fortune personnelle ; malgré cela, il a les moyens d'avoir un appartement quelque part dans le quartier de Westminster, tous les ans il fait un voyage à Bruges ou dans ces endroits-là, il s'habille toujours bien et il donne des déjeuners fort agréables. On ne peut pas faire tout cela avec deux cents livres par an, n'est-ce pas ?

— Est-ce qu'il écrit pour d'autres publications ? demanda Mrs Troyle.

— Non, vous comprenez, il est tellement spécialisé dans la liturgie et dans l'architecture religieuse que son domaine est assez limité. Il a essayé un jour de donner au *Sporting and Dramatic* un article sur les édifices religieux dans les plus fameux centres de chasse au renard, mais on ne l'a pas considéré comme d'un intérêt général suffisant pour être accepté. Non, je ne comprends pas comment il peut mener ce train en vivant seulement de sa plume.

— Peut-être vend-il de faux transepts aux Américains ? suggéra Clovis.

— Comment voulez-vous qu'on vende un transept ? dit Mrs Riversedge. C'est tout à fait impossible.

— Quoi qu'il fasse pour augmenter ses revenus, interrompit Mrs Troyle, je n'ai pas l'intention de le laisser occuper ses instants de loisirs en faisant la cour à ma femme de chambre.

— Bien sûr que non, convint son hôtesse. Il faut y mettre un terme aussitôt. Mais je ne sais vraiment pas ce que nous devrions faire.

— Par mesure de précaution, dit Clovis, vous pourriez faire poser un fil de fer barbelé autour de la closerie.

— Je ne pense pas que l'ironie puisse améliorer une situation aussi déplaisante, observa Mrs Riversedge. Une bonne femme de chambre est un trésor...

— Je ne sais certainement pas ce que je ferais sans Florinda, convint Mrs Troyle. Elle comprend mes cheveux. Il y a longtemps que j'ai renoncé à rien en faire moi-même. Pour moi, les cheveux sont comme les maris : tant que l'on vous voit ensemble en public, peu importent les divergences que l'on peut avoir dans l'intimité. Tiens, est-ce que ce n'est pas le gong du déjeuner que j'entends ? »

Après le déjeuner, Septimus Brope et Clovis se retrouvèrent en tête à tête dans le fumoir. Le premier semblait inquiet et préoccupé, et le second observait sans rien dire son compagnon.

« Qu'est-ce qu'un Lori ? demanda soudain Septimus. N'y a-t-il pas un oiseau qui s'appelle comme ça ?

— Je crois en effet que c'est un oiseau grimpeur, répondit nonchalamment Clovis, en tout cas, c'est une rime riche. »

Septimus Brope le considéra avec stupeur.

« Que voulez-vous dire ? demanda-t-il, avec une nuance d'embarras dans la voix.

— Bien que ce soit une rime masculine, cela fait quand même une jolie rime à Florrie », expliqua brièvement Clovis.

Septimus se redressa dans son fauteuil, l'air extrêmement inquiet.

« Comment avez-vous trouvé ? Je veux dire, comment saviez-vous que je cherchais une rime à Florrie ? demanda-t-il anxieusement.

— Je ne le savais pas, dit Clovis, je l'ai simplement deviné. Quand je vous ai vu chercher des noms d'oiseaux aussi peu usuels, j'ai compris que vous étiez en train d'écrire un sonnet, et Florrie était le seul prénom féminin qui me semblait rimer avec lori. »

Septimus semblait toujours mal à l'aise.

« Je crois que vous en savez plus », dit-il.

Clovis eut un petit rire, mais ne dit rien.

« Que savez-vous exactement ? demanda Septimus, d'une voix angoissée.

— La closerie du jardin, dit Clovis.

— Là ! J'étais sûr que je l'avais fait tomber quelque part. Mais vous aviez déjà dû deviner avant. Dites-moi, vous avez surpris mon secret. Vous ne me dénoncerez pas, n'est-ce pas ? Il n'y a pas de quoi en avoir honte, mais cela ferait mauvais effet pour le directeur du *Cathedral Monthly* de s'adonner ouvertement à ce genre d'activité, vous ne croyez pas ?

— Sans doute, convint Clovis.

— Voyez-vous, reprit Septimus, cela me rapporte pas mal d'argent. Je ne pourrais jamais vivre sur le pied où je vis avec ce que je touche comme directeur du *Cathedral Monthly*. »

Clovis était encore plus stupéfait que Septimus au début de leur conversation, mais il était plus habile à dissimuler sa surprise.

« Vous voulez dire que vous touchez de l'argent de... Florrie ? demanda-t-il.

— Pas de Florrie, pas encore, dit Septimus. En fait, je peux bien vous dire que j'ai pas mal d'ennuis avec Florrie. Mais il n'y a pas qu'elle. »

Clovis laissa sa cigarette s'éteindre.

« C'est très, très intéressant », dit-il lentement. Là-dessus, Septimus Brope poursuivit, et la lumière se fit dans l'esprit de Clovis.

« Il y en a des tas d'autres, par exemple :

Cora, aux lèvres de corail,
Pour toi mon cœur défaille.

C'était un de mes premiers succès, et cela me rapporte encore des droits d'auteur. Et puis il y a aussi : Esmeralda, le jour où je t'ai connue, et « Belle Thérèse, je ferai tout pour te plaire », qui ont toutes les deux été assez populaires. Il y en a une aussi pas très brillante, reprit Septimus, en rougissant jusqu'aux oreilles, qui m'a rapporté plus d'argent que toutes les autres :

Charmante petite Lucie
De ton jupon j'aime le retroussis.

« Bien sûr, je les méprise toutes ; en fait, à cause d'elles, je suis en train de devenir misogyne. Mais je ne peux pas me permettre de négliger l'aspect financier de la question. Vous devez bien comprendre aussi que ma position d'expert en architecture religieuse et en questions liturgiques se trouverait affaiblie, pour ne pas dire ruinée, si l'on découvrait que je suis l'auteur de « Cora aux lèvres de corail » et de toutes les autres. »

Clovis était suffisamment remis de sa surprise pour demander d'une voix compatissante, encore que mal assurée, quels ennuis particuliers son interlocuteur avait avec « Florrie ».

« Je ne peux pas arriver à la mettre en vers, malgré tous mes efforts, dit Septimus d'un ton navré. Vous comprenez, il s'agit de mettre pas mal de sentimentalité sucrée sur un rythme prenant, avec une certaine quantité de renseignements biographiques ou de prophéties personnelles. Il faut qu'elles aient connu toutes une longue série de succès, ou alors que vous leur prédisiez pour elles et pour vous-même mille choses ravissantes. Par exemple il y a :

Jolie petite Mavis,
Tu es l'oiseau rare,
Que chante ma guitare,
Mignonne Mavis, tu es mon vice

« Cela se chante sur un rythme de valse à la guimauve, et pendant des mois on n'a joué et fredonné que ça à Blackpool et dans d'autres lieux de divertissements. »

Cette fois Clovis ne put se contenir plus longtemps.

« Pardonnez-moi, je vous en prie, balbutia-t-il entre deux rires, mais c'est plus fort que moi, quand je pense à cette étude extrêmement érudite que vous avez eu la bonté de nous lire hier soir sur l'Eglise Copte dans ses rapports avec le culte chrétien primitif. »

Septimus émit un petit grognement.

« Vous voyez ce que ce serait, dit-il ; à peine les gens sauraient-ils que je suis l'auteur de ces affreuses rengaines sentimentales qu'ils perdraient tout respect pour les travaux sérieux auxquels je me livre. Je me flatte d'en connaître plus sur les ex-voto sur cuivre que n'importe qui au monde, en fait j'espère un jour publier une monographie sur ce sujet, mais on me montrerait partout du doigt comme l'auteur de ces chansons idiotes que l'on chante dans tous les casinos de la côte. Vous étonnerez-vous après cela que j'aie positivement horreur de Florrie depuis le temps que j'essaie de mettre sur pied ces mélodies sirupeuses ?

— Pourquoi ne pas donner libre cours à vos émotions et vous montrer d'une brutale franchise ? Un refrain peu flatteur ne manquerait pas d'avoir du succès, ce serait une nouveauté, si vous vous montriez suffisamment sincère.

— Je n'y avais pas pensé, dit Septimus, mais je ne crois pas que je puisse rompre avec cette tradition de totale adoration et changer brusquement de style.

— Vous n'avez absolument pas besoin de changer de style, dit Clovis, mais simplement d'adopter des sentiments contraires à ceux que vous exprimiez auparavant tout en conservant la même phraséologie stupide. Si vous faites les couplets, je vous trousserai un refrain, ce qui, paraît-il, est le principal. Je partagerai les droits d'auteur avec vous, et je garderai le silence sur votre honteux secret. Aux yeux du monde, vous resterez l'homme qui a consacré son existence à l'étude des transepts et du rituel byzantin ; mais parfois, lors des longues soirées d'hiver, quand le vent hurle lugubrement dans la cheminée et que la pluie gifle les carreaux, je penserai que vous êtes l'auteur de « Cora aux lèvres de corail ». Bien entendu, si par pure reconnaissance pour ma discrétion vous voulez m'emmener prendre ces vacances dont j'ai tant besoin sur la côte Adriatique ou dans quelque autre endroit aussi attirant, tous frais payés, l'idée ne me viendrait pas de refuser. »

Un peu plus tard dans la journée, Clovis trouva sa tante et Mrs Riversedge en train de faire une petite promenade dans le jardin.

« J'ai parlé à Mr Brope de F., annonça-t-il.

— Magnifique ! Et qu'a-t-il dit ? s'exclamèrent les deux dames en chœur.

— Il s'est montré avec moi d'une parfaite franchise quand il a vu que je connaissais son secret, dit Clovis, et ses intentions m'ont paru très sérieuses, sinon facilement réalisables. J'ai essayé de lui montrer ce qu'il y avait de peu pratique dans la voie où il entendait s'engager. Il m'a répondu qu'il avait besoin d'être compris et qu'à son avis Florinda excellerait à cette tâche, mais je lui ai fait remarquer qu'il existait sans doute des douzaines de jeunes Anglaises au cœur pur qui seraient aptes à le comprendre, alors que Florinda était la seule personne au monde à comprendre les cheveux de ma tante. Cela l'a quelque peu ébranlé, car il n'est pas insensible quand on sait le prendre, et lorsque j'ai fait appel au souvenir de son enfance heureuse, passée parmi les champs de marguerites de Leighton Buzzard (j'imagine qu'il doit y avoir des marguerites là-bas aussi), il a paru touché. En tout cas, il m'a donné sa parole de chasser Florinda de ses pensées, et il a reconnu qu'un petit voyage à l'étranger lui changerait les idées. Je l'accompagne jusqu'à Raguse. Si ma tante désirait m'offrir une épingle de cravate vraiment jolie (que je choisirais moi-même) comme modeste témoignage de reconnaissance pour l'immense service que je viens de lui rendre, l'idée bien sûr ne me viendrait pas de refuser. Je ne suis pas de ceux qui s'imaginent que, sous prétexte que l'on va à l'étranger, on peut s'habiller n'importe comment. »

Quelques semaines plus tard, à Blackpool et dans les casinos de la côte, on n'entendait qu'un refrain :

Comme tu m'ennuies, Florrie,
Avec tes yeux trop bleus ;
Tu regretteras, Florrie,
D'avoir écouté mes aveux.

J'ai bon caractère, Florrie,
Mais si je deviens ton mari,
Si tu es ma femme, Florrie,
Crois-moi, tu en seras marrie.

L'APPRENTI-SORCIER

Leonard Bilsiter était de ces gens qui, faute d'avoir trouvé ce monde attirant ou intéressant, ont cherché une compensation dans un « monde invisible » né de leur expérience, de leur imagination, voire de leurs dons d'invention. Les enfants excellent à ce genre de choses, mais les enfants se contentent de se persuader eux-mêmes, et ne vont pas vulgariser leurs croyances en essayant de convaincre autrui. Leonard Bilsiter, au contraire, était tout prêt à faire partager ses opinions à « une petite élite », c'est-à-dire à quiconque voulait bien l'écouter.

Ses aventures dans le domaine de l'invisible ne l'auraient sans doute pas entraîné au-delà des platitudes habituelles du visionnaire de salon, si un accident n'était venu renforcer son fonds de récits mystérieux. En compagnie d'un ami qui s'intéressait à un groupe minier de l'Oural, il s'était rendu en Europe orientale à un moment où la grande grève des cheminots russes passait du stade de la menace à celui de la réalité ; l'événement le surprit lors du voyage de retour, au-delà de Perm, et ce fut en attendant deux jours dans une petite gare, dans un état si l'on peut dire de locomotion suspendue, qu'il fit la connaissance d'un sellier-quincaillier qui mit à profit l'ennui de cette longue halte forcée en révélant à son compagnon de voyage anglais des fragments de folklore ramassés parmi les marchands du Trans-Baïkal et les paysans. Léonard rentra, décrivant abondamment ses expériences de la grève russe, mais gardant un silence inquiétant sur certains sombres mystères auxquels il faisait allusion sous le titre ronflant de « Magie Sibérienne ». Cette réticence céda au bout d'une semaine ou deux devant l'absence totale de curiosité de ses proches, et Léonard se mit à faire des allusions plus détaillées aux immenses pouvoirs que cette nouvelle force ésotérique, pour reprendre ses propres termes, conférait aux rares initiés qui savaient comment la manier. Sa tante, Cecilia Hoops, plus avide peut-être de sensations que de vérité, lui fit la publicité la plus tapageuse dont on pût rêver en racontant comment il avait devant elle transformé une courge à la moelle en palombe. Dans certains cercles, on mit cette histoire, en tant que preuve de la possession de pouvoirs surnaturels, sur le compte des facultés d'imagination de Mrs Hoops.

Si divisée que pût être l'opinion quant au statut de Léonard en tant que faiseur de miracles ou que charlatan, le fait est qu'il arriva pour passer le week-end chez Mary Hampton, avec la réputation d'une certaine prééminence dans l'une ou l'autre de ces activités, et Léonard n'était pas homme à dédaigner la publicité qui pouvait se faire autour de son nom. Les forces ésotériques et les pouvoirs insolites figuraient largement dans toutes les conversations auxquelles sa tante ou lui-même prenait part, et ses propres exploits, passés et éventuels, donnaient lieu à de mystérieuses allusions et à de sombres affirmations.

« J'aimerais que vous me transformiez en loup, Mr Bilsiter, lui dit son hôtesse au déjeuner, le lendemain de son arrivée.

— Ma chère Mary, dit le colonel Hampton, je ne m'étais jamais douté que vous aviez un pareil penchant.

— En loup-garou femelle, bien sûr, reprit Mrs Hampton ; ce serait trop de changer de sexe et d'espèce en même temps.

— Je ne crois pas que l'on doive plaisanter sur ces sujets, observa Léonard.

— Je ne plaisante pas. Je suis très sérieuse, je vous assure. Seulement, ne le faites pas aujourd'hui ; nous n'avons que huit joueurs de bridge, et cela détruirait une de nos tables. Demain, nous serons plus nombreux. Demain soir, après dîner...

— Dans l'état actuellement imparfait de nos connaissances à propos de ces forces occultes, je crois qu'on devrait aborder de tels sujets dans un esprit d'humilité plutôt que de moquerie », déclara Léonard, d'un ton si sévère que l'on se mit aussitôt à parler d'autre chose.

Clovis Sangrail avait gardé un silence dont il n'était pas coutumier durant la discussion sur les possibilités de la magie sibérienne ; après le déjeuner, il entraîna habilement Lord Pabham dans l'isolement relatif du salon de billard et lui posa une question qui visiblement lui tenait à cœur.

« Avez-vous dans votre collection de bêtes sauvages une louve ? Un sujet d'un caractère assez accommodant ? »

Lord Pabham demeura songeur. « Il y a Louisa, dit-il enfin, un assez beau spécimen de loup gris. Je l'ai échangée il y a deux ans contre des renards de l'Arctique. La plupart de mes pensionnaires ne tardent pas à être passablement apprivoisés ; je crois pouvoir affirmer que Louisa a un caractère d'ange, pour une louve. Pourquoi me posez-vous cette question ?

— Je me demandais si vous pourriez me la prêter pour demain soir, dit Clovis, du ton négligent dont on emprunte un bouton de col ou une raquette de tennis.

— Demain soir ?

— Oui, les loups sont des animaux nocturnes, aussi cela ne la gênera pas de veiller, affirma Clovis, de l'air de quelqu'un qui a envisagé tous les aspects du problème ; un de vos domestiques pourrait l'amener une fois la nuit tombée, et, si on l'aide un peu, il parviendra sans doute à l'introduire dans la serre au même instant où Mary Hampton effectue une sortie discrète. »

Lord Pabham considéra un moment Clovis avec une stupeur bien pardonnable ; puis un sourire vint se jouer sur son visage.

« Oh, voilà où vous voulez en venir ? Vous allez faire un peu de magie sibérienne à votre compte. Et Mrs Hampton accepte de vous servir de complice ?

— Mary jure de prêter son concours, si vous vous portez garant du caractère de Louisa.

— Je réponds de Louisa », dit Lord Pabham.

Le lendemain, les invités étaient plus nombreux, et le sens inné que Bilsiter avait de la publicité ne résista pas au stimulant que constituait un élargissement de son public. Au dîner ce soir-là il s'étendit longuement sur le problème des forces occultes et des pouvoirs inconnus, et le flot de son éloquence continua de déferler tandis que l'on servait le café dans le salon avant la migration générale vers les tables de bridge. Sa tante assurait à ses déclarations une audience respectueuse, mais avide de sensationnel comme elle était, la chère femme aspirait à quelque chose de plus spectaculaire qu'une simple démonstration vocale.

« Tu ne veux pas faire quelque chose pour les *convaincre* de tes pouvoirs, Léonard ? supplia-t-elle. Je ne sais pas, changer un objet en un autre. Il peut le faire, figurez-vous, si l'envie lui en prend, annonça-t-elle à la ronde.

— Oh, faites-le », insista Mavis Pellington. Et presque tous les assistants reprirent en écho sa requête. Même ceux qui n'étaient pas disposés à se laisser convaincre étaient tout prêts à accepter le spectacle d'un numéro de prestidigitateur amateur.

Leonard sentit que l'on attendait de lui une manifestation tangible de ses pouvoirs.

« Quelqu'un parmi vous a-t-il une pièce de trois pence ou un petit objet sans grande valeur... ?

— Vous n'allez quand même pas faire disparaître des pièces de monnaie ni effectuer un tour aussi rudimentaire ? dit Clovis avec mépris.

— Je trouve que c'est très méchant de votre part de ne pas vouloir me changer en louve comme je vous l'avais demandé, dit Mary Hampton, en se dirigeant vers la serre pour donner à ses perruches leur ration habituelle de reliefs du dessert.

— Je vous ai déjà mise en garde contre le danger qu'il y avait à traiter ces problèmes dans un esprit de moquerie, déclara gravement Léonard.

— Je ne crois pas que vous en soyez capable, lança Mary de la serre, avec un rire provocant. Je vous en mets au défi. Je vous défie de me changer en louve. »

Ce disant, elle disparut aux regards derrière un massif d'azalées.

« Mrs Hampton... » commença Léonard, de plus en plus grave, mais il n'alla pas plus loin. Une bouffée d'air glacial parut traverser la pièce, et en même temps les perroquets se mirent à pousser des cris assourdissants.

« Mary, qu'ont donc ces satanés oiseaux ? » s'écria le colonel. Au même instant, un cri plus perçant encore de Mavis Pellington fit jaillir de leurs sièges tous les assistants. Dans diverses attitudes d'horreur impuissante ou de défense instinctive, ils demeuraient figés devant la bête grise à l'air mauvais, qui les fixait au milieu d'un massif de fougères et d'azalées.

Mrs Hoops fut la première à se remettre.

« Léonard ! hurla-t-elle à l'adresse de son neveu, veux-tu faire immédiatement reprendre son aspect normal à Mrs Hampton ! Elle peut d'un instant à l'autre se jeter sur nous. Tu entends !

— Je... je ne sais pas comment faire, balbutia Léonard, qui semblait plus affolé et plus horrifié que tout le monde.

— Comment ! s'écria le colonel Hampton, vous vous êtes permis de changer ma femme en louve, et voilà maintenant que vous déclarez tranquillement que vous êtes incapable de lui faire reprendre sa forme primitive ! »

Pour être parfaitement juste envers Léonard, la tranquillité n'était pas le trait le plus évident de son attitude pour l'instant.

« Je vous assure que je n'ai pas changé Mrs Hampton en louve ; rien n'était plus loin de mes intentions, protesta-t-il.

— Alors, où est-elle et comment expliquez-vous la présence de cette bête dans la serre ? demanda le colonel.

— Il nous faut, bien sûr, accepter votre affirmation que vous n'avez pas changé Mrs Hampton en loup, observa courtoisement Clovis, mais vous conviendrez que les apparences sont contre vous.

— Devons-nous faire toutes ces récriminations devant cette bête qui est prête à nous mettre en pièces ! s'écria Mavis avec indignation.

— Lord Pabham, vous connaissez bien les animaux sauvages... suggéra le colonel Hampton.

— Les bêtes sauvages auxquelles je suis habitué, dit Lord Pabham, sont arrivées présentées par des marchands connus, ou bien sont nées dans ma ménagerie personnelle. Je n'ai jamais encore rencontré un animal qui surgît de façon inexplicable de derrière un buisson d'azalées, sans que l'on sache ce qu'est devenue une charmante et gracieuse hôtesse. Pour autant que l'on puisse juger d'après ses caractéristiques *extérieures*, reprit-il, cette bête a l'aspect d'un spécimen femelle adulte de loup gris d'Amérique du Nord, variété de l'espèce communément appelée *canis lupus*.

— Oh, peu importe le nom latin, hurla Mavis, en voyant la bête faire un pas ou deux dans la pièce. Est-ce qu'on ne peut pas l'attirer avec de la nourriture et l'enfermer dans un endroit où elle ne pourra pas faire de mal ?

— S'il s'agit bien de Mrs Hampton, qui vient justement de déguster un excellent dîner, je ne pense pas que la nourriture exerce sur elle beaucoup d'attrait, dit Clovis.

— Léonard, supplia Mrs Hoops, même si tu n'es pour rien dans cette métamorphose, est-ce que tu ne peux pas utiliser tes dons extraordinaires pour transformer cette affreuse bête en quelque chose d'inoffensif, avant qu'elle nous ait tous mordus... en lapin, ou... je ne sais pas, moi.

— Je n'imagine pas que le colonel Hampton aimerait voir sa femme métamorphosée en une succession d'animaux bizarres comme si nous jouions à un jeu de société avec elle, déclara Clovis.

— Je l'interdis formellement, tonna le colonel.

— La plupart des loups que j'ai eu l'occasion d'approcher se sont toujours montrés très gourmands de sucre, dit Lord Pabham. Si vous voulez, je vais essayer avec celui-ci. »

Il prit un morceau de sucre dans la soucoupe de sa tasse à café et le lança à Louisa, qui n'attendait que cela et qui le happa en plein vol. Il y eut dans l'assistance un soupir de soulagement : un loup qui mangeait du sucre, alors qu'il aurait pu tout au moins s'occuper à dévorer des perroquets était déjà beaucoup moins terrifiant. Ce soupir devint un murmure d'action de grâces quand Lord Pabham entraîna l'animal hors de la pièce en faisant mine de lui offrir encore du sucre. On se précipita aussitôt vers la serre vide. Il n'y avait pas trace de Mrs Hampton à l'exception de l'assiette contenant le dîner des perruches.

« La porte est fermée à clef de l'intérieur ! » s'écria Clovis, qui avait prestement tourné la clef dans la serrure en faisant semblant d'en vérifier la fermeture.

Tous les regards se tournèrent vers Bilsiter.

« Si vous n'avez pas métamorphosé ma femme en louve, dit le colonel Hampton, voulez-vous avoir la bonté de m'expliquer où elle a disparu, puisque de toute évidence elle n'a pas pu passer à travers une porte fermée à clef ? Je n'irai pas jusqu'à vous demander comment un loup gris d'Amérique a pu surgir brusquement dans la serre, mais je crois avoir quelque droit de m'enquérir du sort de Mrs Hampton. »

Les protestations renouvelées de Bilsiter furent accueillies par un murmure général d'incrédulité nuancée d'impatience.

« Je refuse de rester une heure de plus sous ce toit, déclara Mavis Pellington.

— Si notre hôtesse a réellement perdu forme humaine, dit Mrs Hoops, aucune des dames présentes ne peut rester. Je refuse catégoriquement d'être chaperonnée par un loup !

— C'est une louve », rectifia Clovis, apaisant.

Personne ne put dire quelle étiquette s'imposait en face de circonstances aussi insolites. La soudaine entrée de Mary Hampton ôta tout intérêt à la discussion.

« Quelqu'un m'a hypnotisée, s'écria-t-elle, furieuse. Figurez-vous que je me suis retrouvée dans la resserre où l'on met le gibier à faisander, et que Lord Pabham me donnait du sucre.

J'ai horreur d'être hypnotisée, et le médecin m'a interdit de manger du sucre. »

On lui expliqua la situation, pour autant que l'on puisse parler d'explication.

« Alors, vous m'avez vraiment métamorphosée en loup, Mr Bilsiter ? » s'écria-t-elle, ravie.

Mais Léonard avait déjà brûlé le navire sur lequel il aurait pu maintenant s'embarquer vers un océan de gloire. Il dut se contenter de secouer la tête.

« C'est moi qui ai pris cette liberté, dit Clovis. Vous comprenez, il se trouve que j'ai vécu deux ans dans le nord-est de la Russie, et j'ai une connaissance un peu moins superficielle que n'en peut acquérir le simple touriste des pratiques magiques de cette région. On n'aime guère parler de ces étranges pouvoirs, mais de temps en temps, quand on entend raconter mille absurdités à leur propos, on est tenté de montrer de quoi est capable la magie sibérienne quand elle est maniée par quelqu'un qui la comprend vraiment. J'ai cédé à cette tentation. Pourrais-je avoir un peu de cognac ? Je dois avouer que cet effort m'a un peu fatigué. »

Si Léonard Bilsiter avait pu à cet instant transformer Clovis en cafard puis l'écraser ensuite d'un coup de semelle, il aurait effectué avec joie ces deux opérations.

LE VERRAT

« Il y a un autre chemin, expliqua Mrs Philidore Stossen à sa fille, qui rejoint la pelouse en passant par un petit pré, puis qui traverse un verger plein de buissons de groseilles. Je suis passée par là l'année dernière quand la famille était absente. Il y a une porte qui donne du verger sur un taillis, et de là nous pouvons nous mêler à la foule des invités comme si nous étions arrivés par l'entrée normale. C'est beaucoup plus sûr que d'entrer par la grande porte au risque de tomber sur la maîtresse de maison ; ce serait si gênant, alors qu'elle ne nous a pas invitées.

— N'est-ce pas se donner bien du mal pour aller à une garden-party ?

— A une garden-party, oui ; à *la* garden-party de la saison, certainement pas. Tous les gens un peu importants du comté, à part nous, ont été invités à rencontrer la Princesse, et il serait bien plus ennuyeux d'inventer des raisons pour expliquer le fait que nous n'y étions pas que d'entrer par une voie détournée. Hier, j'ai abordé Mrs Cuvering sur la route, et je lui ai parlé tout exprès de la Princesse. Si elle n'a pas voulu comprendre l'allusion et m'envoyer une invitation, ce n'est pas ma faute, non ? Nous y voici : nous coupons à travers ce pré et nous entrons dans le jardin par cette petite porte. »

Mrs Stossen et sa fille, vêtues comme il convenait pour se rendre à une garden-party assaisonnée d'un rien de Gotha, traversèrent le petit pré puis le verger comme des barques de cérémonie empruntant incognito un ruisseau à truites. Ce que leur démarche pouvait avoir d'imposant se trouvait quelque peu entaché d'une hâte furtive, comme si des projecteurs hostiles pouvaient à tout moment se trouver braqués sur elles ; et, de fait, elles ne passaient pas rigoureusement inaperçues : Matilda Cuvering, grâce à ses yeux alertes de treize ans et aussi à l'avantage d'une position élevée parmi les branches d'un néflier, avait eu tout le loisir d'observer le mouvement tournant des Stossen et de prévoir exactement à quel endroit allait s'achever la manœuvre.

« Elles trouveront la porte fermée à clef, et elles n'auront plus qu'à repartir par où elles sont venues, se dit-elle. Ça leur apprendra à ne pas passer par la grande porte. Quel dommage que Tarquin le Superbe ne soit pas lâché dans le pré. Après tout, puisque tout le monde s'amuse, je ne vois pas pourquoi Tarquin n'aurait pas droit à une petite sortie. »

Matilda était à un âge où penser c'est agir ; elle se laissa glisser des branches du néflier, et lorsqu'elle reprit position dans son poste d'observation, Tarquin, le gros verrat blanc du Yorkshire, avait quitté les étroites limites de sa porcherie pour l'espace plus étendu du pré. Les membres de l'expédition Stossen, déconfits et rebroussant chemin en récriminant mais sans désordre après s'être heurtés à l'obstacle de la porte fermée à clef, s'arrêtèrent brusquement à la barrière séparant le pré du verger.

« Quel vilain animal, s'exclama Mrs Stossen ; il n'était pas là quand nous sommes passées.

— En tout cas, dit sa fille, il est là maintenant. Qu'allons-nous faire ? Je regrette d'être venue. »

Le verrat s'était approché de la barrière pour mieux voir ces intrus, et il était planté là, agitant bruyamment ses mâchoires et clignotant de ses petits yeux rouges d'une façon qui se voulait certainement déconcertante et qui, dans le cas des Stossen, parvenait parfaitement à son but.

« Allez coucher ! Chhh ! Hooo ! » crièrent les deux femmes en chœur.

« Si elles croient qu'elles vont le faire partir en glapissant comme ça, elles vont au devant d'une cruelle désillusion », observa Matilda de son poste d'observation. Comme elle avait fait cette remarque tout haut, Mrs Stossen s'aperçut pour la première fois de sa présence. Quelques instants plus tôt, elle aurait été navrée de constater que le jardin n'était pas aussi désert qu'il y paraissait, mais maintenant, elle saluait avec un immense soulagement la présence de l'enfant.

« Ma petite fille, pouvez-vous trouver quelqu'un pour chasser... commença-t-elle, pleine d'espoir.

— *Comment ? Comprends pas*, répondit Matilda.

— Oh, vous êtes française. *Etes-vous française ?*

— *Pas du tout. Suis anglaise.*

— Alors, pourquoi ne parlez-vous pas anglais ? Je voudrais savoir si...

— *Permettez-moi expliquer.* Vous comprenez, reprit Matilda, je suis un peu en disgrâce. Je séjourne chez ma tante, et on m'a dit que je devais me conduire particulièrement bien aujourd'hui, car des tas de gens doivent venir pour une garden-party ; on m'a recommandé d'imiter Claude, mon jeune cousin qui ne fait jamais de bêtise sinon accidentellement, et alors il s'en excuse toujours. On a estimé, paraît-il, que j'avais mangé trop de marmelade de framboises, alors que Claude, selon eux, n'en mange jamais trop, lui. Or Claude dort toujours une demi-heure après le déjeuner parce qu'on le lui dit ; alors j'ai attendu qu'il soit endormi, je lui ai ligoté les mains et j'ai commencé à lui faire avaler de force tout un compotier de marmelade de framboises qu'on gardait pour la garden-party. Il en est tombé plein sur son costume marin et sur son lit, mais Claude en a quand même avalé suffisamment pour qu'on ne puisse plus dire qu'il n'a jamais mangé trop de marmelade de framboises. Voilà pourquoi je n'ai pas le droit d'assister à la réception ; et, à titre de punition supplémentaire, je dois parler français tout l'après-midi. J'ai été obligée de vous raconter tout cela en anglais, parce qu'il y avait des tas de mots qui me manquaient en français, *Mais maintenant, nous parlons français* [1].

— Oh, très bien, *très bien* », dit Mrs Stossen

1. En français dans le texte.

sans entrain. Dans les moments d'énervement, le peu de français qu'elle connaissait ne lui venait pas naturellement aux lèvres. « *Là, à l'autre côté de la porte, est un cochon...*

— *Un cochon ? Ah, le petit charmant !* s'exclama Matilda avec enthousiasme.

— *Mais non, pas du tout petit, et pas tout charmant ; un bête féroce...*

— *Une bête,* corrigea Matilda. Cochon est masculin, mais si vous vous mettez en colère et que vous le traitiez de sale bête, alors c'est féminin. Le français est une langue où les questions de sexe sont mal définies, vous savez.

— Bonté divine, alors parlons anglais, dit Mrs Stossen. Y a-t-il un autre moyen de sortir du jardin qu'en passant par le pré où se trouve le porc ?

— Je passe toujours par-dessus le mur, en m'accrochant aux branches du prunier, dit Matilda.

— Habillées comme nous le sommes, cela nous serait difficile », dit Mrs Stossen. Et c'était vrai.

« Croyez-vous que vous pourriez aller chercher quelqu'un qui fasse partir ce porc ? demanda Mrs Stossen.

— J'ai promis à ma tante de rester ici jusqu'à cinq heures ; il n'est pas encore quatre heures.

— Je suis sûre qu'étant donné les circonstances votre tante permettrait...

— Ma conscience, elle, ne me permettrait pas, dit Matilda avec une dignité glaciale.

— Nous ne pouvons tout de même pas rester ici jusqu'à cinq heures, s'écria Mrs Stossen avec une exaspération croissante.

— Voulez-vous que je vous récite quelque

chose pour vous faire patienter ? proposa obligeamment Matilda. On considère que « Belinda, la Porteuse de Pain » est mon meilleur morceau, ou bien peut-être devrais-je vous dire quelque chose en français ? Je crois bien que la harangue de Henri IV à ses soldats est le seul texte que je sache vraiment par cœur dans cette langue.

— Si vous allez chercher quelqu'un pour chasser cet animal, je vous donnerai de quoi vous acheter un joli cadeau », dit Mrs Stossen.

Matilda se laissa glisser de quelques centimètres sur son perchoir.

« Voilà la proposition la plus pratique que vous avez faite jusqu'à maintenant pour sortir de ce jardin, observa-t-elle gaiement, Claude et moi, nous recueillons des fonds pour l'œuvre des Enfants au Grand Air, et nous voyons lequel en recueille le plus.

— Je serai ravie de faire un don d'une demi-couronne, dit Mrs Stossen, en fouillant dans sa bourse.

— Claude a beaucoup d'avance sur moi, poursuivit Matilda, sans relever la proposition de Mrs Stossen. Vous comprenez, il n'a que onze ans, il a des cheveux d'un blond doré, et ce sont des avantages énormes quand on quête. Tenez, l'autre jour encore, une vieille dame russe lui a donné dix shillings. Les Russes sont bien plus généreux que nous. Je suis sûre que Claude va se faire vingt-cinq shillings cet après-midi ; il aura le champ libre, et après ce qu'il a avalé de marmelade de framboises, il n'aura aucun mal à jouer les petits garçons pâles et fragiles. Eh oui, il aura bien deux livres d'avance sur moi. »

Après de longues recherches et bien des murmures de regret, les deux dames en difficulté réussirent à totaliser à elles deux sept shillings et six pence.

« Je crois bien que c'est tout ce que nous avons », dit Mrs Stossen.

Matilda ne semblait nullement disposée à baisser ses prétentions.

« Je ne pourrais faire violence à ma conscience pour moins de dix shillings », annonça-t-elle sèchement.

La mère et la fille échangèrent quelques remarques étouffées au milieu desquelles on pouvait percevoir le mot « monstre », qui ne s'appliquait sans doute pas à Tarquin.

« Je viens justement de trouver encore une demi-couronne au fond de mon sac, dit Mrs Stossen, d'une voix mal assurée. Voilà. Maintenant, voulez-vous aller rapidement chercher quelqu'un ? »

Matilda se laissa glisser de son perchoir, vint recueillir l'offrande des généreuses donatrices et se mit à ramasser dans l'herbe des poignées de nèfles tombées de l'arbre. Puis elle enjamba la barrière et interpella affectueusement le verrat.

« Tarquin, viens, mon vieux ; tu sais bien que tu ne sais pas résister aux nèfles quand elles sont un peu pourries. »

Tarquin en effet n'y résistait pas. En jetant des fruits devant lui à intervalles judicieusement calculés, Matilda réussit à l'entraîner vers sa porcherie, tandis que les deux assiégées traversaient précipitamment le pré.

« Ça alors ! La petite misérable ! s'écria Mrs Stossen, quand elle se retrouva en sûreté sur la grand-route. Cet animal n'était absolument pas méchant, et quant aux dix shillings, j'ai bien l'impression que l'œuvre des Enfants au Grand Air n'en verra jamais la couleur ! »

Elle était injustement sévère. Si vous voulez prendre la peine d'examiner les livres de l'œuvre, vous trouverez la mention suivante : « Fonds recueillis par Miss Matilda Cuvering : 2 shillings, 6 pence ».

BRUTUS

La saison de la chasse était terminée, et les Mullet n'avaient pas réussi à vendre Brutus. Il y avait une sorte de tradition dans la famille depuis trois ou quatre ans, un vague espoir que Brutus trouverait un acquéreur avant la fermeture de la chasse ; mais les saisons passaient sans que rien se produisît pour justifier un optimisme aussi peu fondé. Au début de sa carrière, l'animal avait reçu le nom de Foufou ; on l'avait par la suite rebaptisé Brutus, en raison de son caractère un peu difficile. Parmi les moins charitables des voisins, on disait que ce patronyme latin était bien inutile et que le nom de Brute conviendrait mieux à cette sale bête. Brutus avait figuré sur divers catalogues comme cheval de chasse, cheval de selle à toutes fins pour dames et, plus simplement, mais avec encore un rien d'imagination, comme un hongre brun facile et de taille moyenne. Toby Mullet l'avait monté durant quatre saisons avec le West Wessex ; mais on peut monter pour ainsi dire n'importe quel cheval avec le West Wessex, dès l'instant que c'est une bête qui connaît le pays. Brutus connaissait le pays à fond, ayant contribué pour sa part à tailler la plupart des brèches que l'on pouvait observer dans les haies et dans les talus, à des kilomètres à la ronde. Ce n'était sans doute pas le cheval idéal pour la chasse, mais sans doute était-ce plus prudent de le monter ainsi que pour trotter sur les routes de campagne. D'après la famille Mullet, on ne pouvait pas vraiment dire qu'il eût la phobie des routes, mais il y avait certaines choses qui déclenchaient chez lui de brusques attaques de ce que Toby appelait des crises d'embardées. Il n'avait pour les automobiles et les engins à deux roues qu'un mépris indifférent, mais les porcs, les brouettes, les tas de cailloux sur le bord de la route, les voitures d'enfants dans une rue de village, les barrières peintes dans un blanc trop agressif et quelquefois, mais pas toujours, les ruches d'un nouveau modèle, le faisaient dévier de sa route dans une imitation saisissante du zigzag de l'éclair. Si un faisan s'élevait bruyamment de l'autre côté d'une haie, Brutus sautait en l'air au même instant, mais peut-être n'était-ce que par désir de se montrer sociable. La famille Mullet niait l'opinion communément répandue selon laquelle ce cheval était une bête exagérément nerveuse.

Ce fut environ la troisième semaine de mai que Mrs Mullet, veuve de feu Sylvester Mullet, et mère de Toby et d'un tas de filles, se précipita sur Clovis Sangrail à l'entrée du village, pour lui débiter tout d'un trait les dernières nouvelles du pays.

« Vous connaissez notre nouveau voisin, Mr Penricarde ? s'exclama-t-elle. Pourri d'argent, propriétaire de mines d'étain en Cornouailles, la quarantaine bien sonnée et un caractère paisible. Il a loué la maison rouge et dépensé une fortune en travaux pour l'aménager. Eh bien, Toby lui a vendu Brutus ! »

Clovis mit un moment à assimiler la stupéfiante nouvelle ; puis il se répandit en félicitations. S'il avait été d'un tempérament plus démonstratif, sans doute aurait-il embrassé Mrs Mullet.

« Quelle chance merveilleuse pour vous de vous en être enfin débarrassé ! Vous allez maintenant pouvoir acheter une bête convenable. J'ai toujours dit que Toby était intelligent. Encore toutes mes félicitations.

— Ne me félicitez pas. Rien n'aurait pu m'arriver de plus malheureux ! » s'écria Mrs Mullet d'un ton dramatique.

Clovis la considéra avec stupéfaction.

« Mr Penricarde, reprit Mrs Mulet, en baissant la voix jusqu'à ce qu'elle imaginait n'être qu'un chuchotement, bien que cela ressemblât plutôt à un cri rauque, Mr Penricarde vient de commencer à faire la cour à Jessie. Discrètement d'abord, mais maintenant il n'y a pas à s'y tromper. J'ai été stupide de ne pas m'en être aperçu plus tôt. Hier, à la garden-party chez le pasteur, il lui a demandé quelles étaient ses fleurs préférées, elle lui a répondu que c'étaient les œillets et aujourd'hui il est arrivé avec un énorme bouquet d'œillets de toutes les couleurs et une boîte de chocolats qu'il a dû faire venir exprès de Londres. Et il lui a demandé de faire le parcours du golf demain avec lui. Et voilà que juste à ce moment critique, Toby lui a vendu cet animal. C'est une calamité !

— Mais vous essayiez depuis des années de vous débarrasser de ce cheval, dit Clovis.

— J'ai une maison pleine de filles, dit Mrs Mullet ; et j'essaye... oh, non pas de me débarrasser d'elles, bien sûr, mais un mari ou deux ferait bien leur affaire : elles sont six, vous savez.

— Je ne sais pas, dit Clovis, je n'ai jamais compté ; mais je pense que votre chiffre doit être exact : les mères ne se trompent généralement pas là-dessus.

— Et dire, continua Mrs Mullet sur le même ton, qu'au moment même où se présente un beau parti, il faut que Toby aille lui vendre cette misérable bête. Brutus le tuera probablement s'il essaie de le monter ; en tout cas, il ruinera toute affection qu'il aurait pu éprouver envers un membre de notre famille. Que faut-il faire ? Nous ne pouvons guère demander qu'il nous rende le cheval ; vous comprenez, nous avons longuement chanté ses louanges quand nous croyions qu'il avait une chance de l'acheter, en disant que c'était exactement la monture qui lui convenait.

— Est-ce que vous ne pourriez pas aller le voler dans son écurie et le mettre au vert dans une ferme à des kilomètres de là ? proposa Clovis. Vous n'avez qu'à écrire : « Le droit de vote pour les femmes » sur la porte de l'écurie, et on croira à une manifestation de suffragettes. Personne connaissant le cheval ne pourrait vous soupçonner de vouloir le récupérer.

— Tous les journaux du pays parleraient de l'affaire, dit Mrs Mullet. Vous imaginez les titres : « Un cheval de chasse volé par les suffragettes » ? La police fouillerait toute la campagne jusqu'au moment où on l'aurait retrouvé.

— Eh bien, il faut que Jessie essaye de le reprendre à Penricarde en prétendant que c'est une bête à laquelle elle tient beaucoup. Elle peut raconter qu'on ne l'a vendue que parce que l'écurie devait être démolie aux termes du bail, et que maintenant que vous vous êtes arrangés avec le propriétaire, la démolition est reculée de deux ans.

— Cela fait bizarre de redemander un cheval quand on vient de le vendre, dit Mrs Mullet, mais il faut faire quelque chose, et tout de suite. Ce malheureux n'a pas l'habitude des chevaux, et je lui ai dit que Brutus était doux comme un agneau. Après tout, les agneaux donnent des ruades et se trémoussent de mille façons, n'est-ce pas ?

— La réputation de calme de l'agneau est entièrement imméritée », reconnut Clovis.

Jessie revint du terrain de golfe le lendemain, partagée entre la joie et l'inquiétude.

« Ça y est, annonça-t-elle, il a fait sa demande, il a attendu le sixième trou. Je lui ai dit qu'il me fallait le temps de réfléchir. J'ai accepté au septième.

— Ma chère enfant, dit sa mère, je crois qu'un peu plus de réserve et d'hésitation virginale auraient été de mise, puisque tu le connaissais depuis si peu de temps. Tu aurais pu attendre le neuvième trou.

— Le parcours est très long entre le sixième et le septième, dit Jessie ; d'ailleurs la tension nerveuse gâtait notre jeu à tous les deux. Le temps d'arriver au neuvième trou, nous avions réglé un tas de choses. Nous ferons notre voyage de noces en Corse, avec peut-être une excursion à Naples, si cela nous tente, et une semaine à Londres pour terminer. Il demandera à deux de ses nièces d'être demoiselles d'honneur, si bien qu'avec notre famille cela fera sept, ce qui est un nombre porte-bonheur. Tu mettras ta robe gris perle, avec l'encolure de dentelle. Oh, pendant que j'y pense, il vient ce soir te demander ton consentement. Pour l'instant donc tout va bien, mais, en ce qui concerne Brutus, c'est une autre paire de manches. Je lui ai raconté l'histoire de l'écurie, et je lui ai dit combien nous désirions racheter le cheval, mais il semble tenir tout aussi vivement à le garder. Il m'a dit qu'il avait besoin de faire de l'équitation maintenant qu'il habitait la campagne, et qu'il allait commencer demain. Il a monté quelquefois en manège une bête que l'on réservait généralement pour les octogénaires et pour les gens qui suivaient des cures de repos, et c'est à peu près à cela que se limite son expérience de cavalier. Oh, j'oubliais, il a monté un poney autrefois à Norfolk, il avait quinze ans et le poney vingt-quatre ; et demain, il va monter Brutus. Je serai veuve avant d'être mariée, et je voudrais tellement voir à quoi ressemble la Corse : ça a l'air si bizarre sur la carte. »

On manda Clovis en hâte, pour lui exposer la tournure nouvelle qu'avaient prise les événements.

« Personne ne peut monter cette bête sans danger, dit Mrs Mullet, sauf Toby ; il sait par une longue expérience de quoi Brutus a peur, et il prévoit les écarts.

— J'ai laissé entendre à Mr Penricarde... je veux dire, à Vincent... que Brutus n'aimait pas les barrières blanches, dit Jessie.

— Les barrières blanches ! s'écria Mrs Mullet ; lui as-tu dit quel effet un porc avait sur lui ? Il faut passer devant la ferme de Lockyer pour aller jusqu'à la grand-route, et il y aura sûrement un ou deux porcs en train de grogner dans la cour.

— Depuis quelque temps, observa Toby, il manifeste une certaine antipathie pour les dindes.

— Il est évident qu'on ne doit pas laisser Penricarde sortir avec cette bête, dit Clovis, en tout cas pas avant que Jessie ne soit mariée et en ait assez de lui. Je vais vous dire une chose : invitez-le à un pique-nique demain, à une heure matinale ; il n'est pas le genre d'homme à faire une promenade à cheval avant le petit déjeuner. Le lendemain, je m'arrangerai pour que le pasteur l'emmène à Crowleigh avant le déjeuner, pour visiter le nouvel hôpital en construction. Brutus restera donc sans rien faire à l'écurie, et Toby peut proposer de l'emmener faire un tour ; le cheval peut alors trébucher sur une pierre ou avoir tout autre accident de ce genre et revenir en boitant. Si vous hâtez un peu le mariage, cette histoire de claudication peut se prolonger jusqu'à ce que la cérémonie soit chose faite. »

Mrs Mullet était d'un tempérament émotif : elle embrassa Clovis.

Ce ne fut la faute de personne si le lendemain matin la pluie se mit à tomber à seaux, rendant absolument impossible toute idée de pique-nique. Ce n'était non plus la faute de personne, mais pure malchance, si le temps se leva suffisamment dans l'après-midi pour donner à Mr Penricarde l'envie de faire sa première sortie avec Brutus. Ils n'allèrent même pas jusqu'aux porcs de la ferme Lockyer ; la barrière du presbytère était peinte d'un vert morne et discret, mais elle avait été blanche un an ou deux auparavant, et Brutus n'avait jamais oublié qu'il avait l'habitude de ruer violemment et de faire un écart en ce point précis de la route. Après quoi, comme on ne semblait plus avoir besoin de ses services, il pénétra dans le verger du pasteur, où il découvrit une dinde dans une cage ; les visiteurs qui se rendirent par la suite dans le verger trouvèrent la cage à peu près intacte, mais il ne restait pas grand-chose de la dinde.

Mr Penricarde, un peu étourdi et souffrant d'une plaie au genou et de diverses menues contusions, attribua avec bonhomie l'accident au peu d'expérience qu'il avait des chevaux et des routes de campagne, et se laissa soigner et remettre d'aplomb par Jessie en moins d'une semaine.

Sur la liste des cadeaux de mariage que le journal local publia une quinzaine de jours plus tard figurait l'article suivant :

« Cheval de selle bai, « Brutus », cadeau du marié à la mariée. »

« Ce qui montre, dit Toby Mullet, qu'il ne savait rien.

— Ou alors, dit Clovis, qu'il est très spirituel .»

LE CONTEUR

C'était un après-midi brûlant, il régnait dans le compartiment du wagon une chaleur accablante, et le prochain arrêt était Templecombe, où l'on ne devait pas arriver avant une heure. Le compartiment avait pour occupants, une petite fille, une autre plus jeune encore, et un petit garçon. Une tante appartenant aux enfants occupait une place de coin, et le coin opposé était occupé par un célibataire qui ne voyageait pas avec eux, mais les petites filles et le petit garçon semblaient occuper tout le reste du compartiment. La tante aussi bien que les enfants se plaisait à entretenir une conversation limitée mais incessante, rappelant les efforts d'une mouche qui ne veut pas se laisser décourager. La plupart des remarques de la tante semblaient commencer par « Voulez-vous ne pas », et presque toutes les phrases des enfants commençaient par « Pourquoi ». Le célibataire, lui, ne disait rien.

« Cyril, veux-tu rester tranquille, s'écria la tante, en voyant le petit garçon se mettre à frapper les coussins de la banquette, ce qui faisait

jaillir à chaque coup de nuage de poussière.
« Viens regarder par la fenêtre », ajouta-t-elle.

L'enfant s'approcha à regret de la fenêtre. « Pourquoi fait-on partir tous ces moutons de ce champ ? demanda-t-il.

— Je pense qu'on les conduit dans un autre champ où il y a davantage d'herbe, dit timidement la tante.

— Mais il y a plein d'herbe dans ce champ-là, protesta le petit garçon, il n'y a que de l'herbe. Tante, il y a plein d'herbe dans ce champ.

— Peut-être que l'herbe de l'autre champ est meilleure, suggéra la tante à tout hasard.

— Pourquoi est-elle meilleure ? s'entendit-elle aussitôt demander.

— Oh, regarde ces vaches ! » s'exclama la tante. Presque tous les champs le long de la voie ferrée contenaient des bœufs ou des vaches, mais à l'entendre, on aurait dit qu'elle attirait leur attention sur un fait extraordinaire.

« Pourquoi l'herbe de l'autre champ est-elle meilleure ? » insista Cyril.

L'ombre qui planait sur le front du célibataire se faisait plus marquée. C'est un homme dur et peu compréhensif, se dit la tante. Elle était absolument incapable de trouver un argument convaincant à propos de l'herbe de l'autre champ.

La plus jeune des fillettes créa une diversion en se mettant à réciter « Sur la route de Mandalay ». Elle ne connaissait que le premier vers, mais elle tira tout le parti possible de ses connaissances limitées. Elle répétait le vers inlassablement, non pas rêveuse mais résolue et fort audible ; le célibataire avait l'affreuse impression qu'on l'avait mise au défi de répéter deux mille fois de suite le même vers sans s'arrêter. Quel que fût l'imprudent parieur, il était sur le point de perdre son pari.

« Viens ici que je te raconte une histoire », dit la tante quand le célibataire l'eut regardée à deux reprises et que son regard fut venu se poser sur la poignée de la sonnette d'alarme.

Les enfants se dirigèrent sans entrain vers la partie du compartiment où se trouvait leur tante. De toute évidence, sa réputation de conteuse auprès des enfants n'était pas brillante.

D'une voix basse et confidentielle, fréquemment interrompue par de brusques questions de ses auditeurs, elle se lança dans une histoire filandreuse et sans intérêt où il était question d'une petite fille bien gentille et qui se faisait des amis partout, pour être finalement sauvée de l'attaque d'un taureau furieux par un grand nombre de personnes qui admiraient son caractère.

« Ils ne l'auraient pas sauvée si elle n'avait pas été gentille ? » demanda l'aînée des petites filles. C'était exactement la question que le célibataire avait sur les lèvres.

« Mais si, avoua piteusement la tante, mais je ne crois pas qu'ils auraient couru tout à fait aussi vite pour l'aider s'ils ne l'avaient pas autant aimée.

— C'est l'histoire la plus stupide que j'aie jamais entendue, déclara l'aînée des petites filles d'un ton convaincu.

— Je n'ai pas écouté après le début, tellement c'était idiot », dit Cyril.

La benjamine ne se livra à aucun commentaire sur l'histoire, mais elle avait depuis longtemps recommencé à répéter son vers favori.

« Vous n'avez pas l'air d'avoir beaucoup de succès comme conteuse », dit soudain le célibataire de son coin.

La tante aussitôt se hérissa devant cette attaque inattendue.

« C'est une chose extrêmement difficile que de raconter une histoire que les enfants puissent à la fois comprendre et apprécier, dit-elle d'un ton pincé.

— Je ne suis pas d'accord avec vous, dit le célibataire.

— Peut-être aimeriez-vous, vous, leur raconter une histoire, répliqua la tante.

— Racontez-nous une histoire, demanda l'aînée des petites filles.

— Il était une fois, commença le célibataire, une petite fille nommée Bertha, qui était extraordinairement gentille. »

L'intérêt des enfants provisoirement éveillé commença aussitôt à vaciller ; toutes les histoires semblaient terriblement pareilles, quel que fût celui qui les racontât.

« Elle faisait tout ce qu'on lui disait, elle ne mentait jamais, elle ne faisait jamais de taches, elle mangeait des puddings comme si c'étaient des tartes à la confiture, elle apprenait parfaitement ses leçons et elle était d'une parfaite politesse.

— Etait-elle jolie ? demanda l'aînée des petites filles.

— Pas aussi jolie qu'aucune de vous, dit le célibataire, mais elle était horriblement gentille. »

Une réaction favorable se manifesta dans l'auditoire ; l'adverbe « horriblement » appliqué à l'adjectif « gentille » était une innovation louable. Cela introduisait, semblait-il, un accent de vérité qui manquait au conte de la tante.

« Elle était si gentille, poursuivit le célibataire, qu'elle remporta plusieurs médailles de bonne conduite, qu'elle portait toujours épinglées à sa robe. Il y avait une médaille d'obéissance, une médaille de ponctualité et une troisième de sagesse. C'étaient de grandes médailles métalliques qui cliquetaient quand elle marchait. Aucun autre enfant de la ville où elle vivait n'avait trois médailles, aussi tout le monde savait qu'elle devait être une enfant extraordinairement gentille.

— Horriblement gentille, rectifia Cyril.

— Tout le monde vantait son bon caractère, et le prince du pays finit par en entendre parler ; il dit que puisqu'elle était si gentille, on devrait l'autoriser à se promener une fois par semaine dans son parc, qui était juste à la sortie de la ville. C'était un parc magnifique, aucun enfant n'avait le droit d'y entrer, aussi était-ce un grand honneur pour Bertha que d'y être admise.

— Est-ce qu'il y avait des moutons dans le parc ? demanda Cyril.

— Non, dit le célibataire, il n'y avait pas de moutons.

— Pourquoi n'y avait-il pas de moutons ? » s'entendit-il aussitôt demander.

La tante se permit un sourire, qu'on aurait presque pu qualifier de sardonique.

« Il n'y avait pas de moutons dans le parc. reprit le célibataire, parce que la mère du prince avait rêvé jadis que son fils serait tué soi par un mouton, soit par une pendule lui tombant sur la tête. Aussi le prince n'avait-il ni moutons dans son parc ni pendules dans son palais. »

La tante réprima une exclamation admirative.

« Est-ce que le prince a été tué par un mouton ou par une pendule ? demanda Cyril.

— Il est toujours vivant, alors on ne peut pas dire si le rêve deviendra réalité, répondit le célibataire avec insouciance. En tout cas, il n'y avait pas de moutons dans le parc, mais il y avait des tas de petits cochons partout.

— De quelle couleur étaient-ils ?

— Noirs avec des têtes blanches, blancs avec des taches noires, tout noirs, gris avec des taches blanches et certains complètement blancs. »

Le conteur marqua une pause pour laisser l'imagination des enfants se pénétrer de tous les trésors du parc ; puis il reprit :

« Bertha fut assez navrée de constater qu'il n'y avait pas de fleurs dans le parc. Elle avait promis à ses tantes, les larmes aux yeux, de ne cueillir aucune des fleurs du prince, et elle s'était juré de tenir sa promesse, aussi se sentit-elle toute bête de constater qu'il n'y avait pas de fleurs à cueillir.

— Pourquoi n'y avait-il pas de fleurs ?

— Parce que les cochons les avaient toutes mangées, s'empressa de répondre le célibataire. Les jardiniers avaient dit au prince qu'on ne pouvait pas avoir à la fois des cochons et des fleurs, alors il avait décidé d'avoir des cochons et pas de fleurs. »

Un murmure d'approbation salua la sagacité de la décision princière ; tant de gens auraient adopté la solution opposée.

« Il y avait un tas d'autres choses merveilleuses dans le parc. Il y avait des bassins avec des poissons, rouges, bleus et verts, des arbres avec de magnifiques perroquets qui disaient des choses amusantes dès qu'on leur adressait la parole et des colibris qui fredonnaient tous les airs en vogue. Bertha se promena partout, folle de joie, en se disant : « Si je n'étais pas aussi extraordinairement gentille, on ne m'aurait pas laissé pénétrer dans ce beau parc pour profiter de tout ce qu'il y a à y voir », et ses trois médailles tintaient l'une contre l'autre pendant qu'elle marchait, lui rappelant combien en effet elle était gentille. Sur ces entrefaites, un énorme loup entra dans le parc pour voir s'il pouvait attraper un petit cochon bien gras pour son dîner.

— De quelle couleur était-il ? demandèrent les enfants, au milieu d'un renouveau d'intérêt.

— Il était couleur de bouc, avec une langue noire et des yeux gris pâle où brillait une lueur d'une indicible férocité. La première chose qu'il aperçut dans le parc, ce fut Bertha ; son tablier était d'une blancheur si immaculée qu'on le voyait de loin. Bertha aperçut le loup, elle vit qu'il avançait vers elle, et elle commença à regretter d'être venue dans le parc. Elle se mit à courir à toutes jambes, poursuivie par le loup qui faisait d'énormes bonds. Elle réussit à atteindre un buisson de myrtilles, et elle se cacha au plus épais des fourrés. Le loup vint flairer les branchages, sa langue noire pendante, ses yeux gris pâle flamboyant de rage. Bertha avait terriblement peur et elle se disait : « si je n'avais pas été aussi extraordinairement gentille, en ce moment, je serais bien tranquille en ville ». Cependant l'odeur des myrtilles était si forte que le loup n'arrivait pas à trouver où se cachait Bertha, et les buissons étaient si épais qu'il aurait pu chercher un long moment sans l'apercevoir, alors il se dit qu'il ferait aussi bien de s'en aller attraper un petit cochon. Bertha tremblait de sentir le loup rôder si près d'elle, et comme elle tremblait, la médaille d'obéissance tinta contre les médailles de bonne conduite et de ponctualité. Le loup s'éloignait quand il entendit le tintement des médailles, et il s'arrêta, tendant l'oreille ; le bruit provenait d'un buisson tout proche. Il se précipita dans le fourré, ses yeux gris pâle brillant d'une lueur de férocité et de triomphe, il tira Bertha hors de sa cachette et la dévora jusqu'à la dernière bouchée. Il ne resta d'elle que ses chaussures, des bouts de vêtements et ses trois médailles.

— Aucun des petits cochons n'a été tué ?

— Non, ils se sont tous échappés.

— L'histoire commençait mal, dit la plus jeune des petites filles, mais la fin est magnifique.

— C'est la plus belle histoire que j'aie jamais entendue, déclara l'aînée des petites filles, d'un ton décidé.

— C'est la seule belle histoire que j'aie jamais entendue », dit Cyril.

La tante toutefois n'était pas de cet avis.

« Une histoire bien inconvenante à raconter à de jeunes enfants ! Vous avez sapé l'effet d'années de patiente éducation.

— En tout cas, dit le célibataire, en rassemblant ses affaires avant de descendre, je les ai fait se tenir tranquilles pendant dix minutes, ce qui est plus que ce que vous avez été capable de faire. »

« Pauvre femme », se dit-il tout en descendant sur le quai de la gare de Templecombe. « Dire que pendant les six mois à venir ces enfants vont la harceler en public pour qu'elle leur raconte une histoire inconvenante ! »

LA RETRAITE DE TARRINGTON

« Dieu du ciel ! s'écria la tante de Clovis, voilà quelqu'un que je connais qui s'avance vers nous. Je n'arrive pas à me rappeler son nom, mais il a déjeuné avec nous un jour à Londres. Tarrington... oui, c'est cela. Il a entendu parler de la garden-party que je donne pour la Princesse, et il va se cramponner à moi comme une ceinture de sauvetage jusqu'à ce que je l'invite ; après cela, il me demandera s'il peut amener avec lui toutes ses femmes, mère et sœurs. C'est l'ennui de ces petites stations balnéaires ; on ne peut échapper à personne.

— Je vais livrer un combat d'arrière-garde pour vous, si vous voulez filer maintenant, proposa Clovis. Si vous ne perdez pas de temps, vous avez dix bon mètres d'avance. »

La tante de Clovis accepta avec joie cette suggestion, et s'éloigna comme un bateau-mouche, entraînant dans son sillage les longs remous bruns d'un pékinois.

« Fais comme si tu ne le connaissais pas », lança-t-elle en partant à son neveu, toute vibrante de l'intrépidité du non-combattant.

Un instant plus tard, un gentleman d'humeur fort affable abordait Clovis et se voyait accueilli avec un regard du genre « méditation silencieuse au sommet du Mont Blanc », et qui révélait clairement que l'objet de ce regard lui était parfaitement inconnu.

« Je pense que vous ne me reconnaissez pas avec ma moustache, dit le nouveau venu. Cela fait deux mois seulement que je la laisse pousser.

— Au contraire, dit Clovis, la moustache est la seule chose chez vous qui me semblait familière. J'étais certain de l'avoir déjà vue quelque part.

— Je m'appelle Tarrington, reprit l'homme qui voulait se faire reconnaître.

— Un nom bien commode, observa Clovis. Avec un nom comme ça, personne ne vous en voudrait si vous ne faisiez rien de particulièrement héroïque et remarquable, n'est-ce pas ? Et pourtant, si vous deviez lever un peloton de chevau-légers en cas de péril national, « les chevau-légers de Tarrington » sonneraient très bien. Alors que si vous vous appeliez Spoopin, par exemple, ce serait hors de question. Personne, fût-ce en un moment de péril national, ne pourrait songer à s'enrôler dans les chevau-légers de Spoopin. »

Le nouveau venu eut un pâle sourire, comme quelqu'un qui ne se laisse pas démonter par de la simple désinvolture, et reprit avec une patiente obstination :

« Je crois que vous devriez vous souvenir de mon nom...

— Je m'en souviendrai certainement, dit Clovis, d'un air profondément sincère. Ma Tante me demandait justement ce matin de lui suggérer des noms pour quatre jeunes chouettes qu'on lui a offertes. Je trouve qu'on devrait les appeler toutes Tarrington ; comme ça, si une ou deux d'entre elles meurt ou s'envole, ou nous abandonne pour une raison ou une autre, il en restera toujours une ou deux pour porter votre nom. Et ma Tante ne me laissera jamais l'oublier : elle me demandera sans cesse : « Est-ce que les Tarrington ont eu leurs souris ? » et mille autres questions de ce genre. Elle dit que si l'on garde en captivité des bêtes sauvages, il faut veiller à leurs besoins et je trouve qu'elle a tout à fait raison.

— Je vous ai rencontré à un déjeuner chez votre Tante un jour... reprit Mr Tarrington, pâle mais toujours résolu.

— Ma Tante ne déjeune jamais, déclara Clovis. Elle appartient à la ligue nationale anti-déjeuner, qui fait du très bon travail, discrètement et sans éclat. Un abonnement d'une demi-couronne par trimestre vous donne le droit de vous dispenser de quatre-vingt-douze déjeuners.

— Ce doit être quelque chose de nouveau, s'exclama Tarrington.

— En tout cas, j'ai toujours eu la même Tante, dit Clovis, glacial.

— Je me souviens parfaitement vous avoir rencontré à un déjeuner donné par votre Tante, insista Tarrington, dont le visage commençait à se marbrer de vilaines tavelures rouges.

— Qu'est-ce qu'il y avait comme déjeuner ? demanda Clovis.

— Oh, je ne m'en souviens pas...

— Comme c'est aimable à vous de vous souvenir de ma Tante quand vous ne vous rappelez plus les noms des plats que vous avez mangés. Figurez-vous que ma mémoire fonctionne tout différemment. Je me souviens d'un menu longtemps après avoir oublié le nom de l'hôtesse à qui je le dois. Je me souviens, que quand j'avais sept ans, je ne sais quelle duchesse m'a donné une pêche au cours d'une garden-party ; je ne me souviens absolument pas d'elle ; j'imagine seulement que nous ne devions guère nous connaître puisqu'elle me traita de : « gentil petit garçon », mais je garde un souvenir impérissable de cette pêche. C'était un de ces fruits exubérants, qui viennent au devant de vous pour ainsi dire. Un magnifique produit de serre, resplendissant de santé. Il fallait mordre et sucer le jus tout en même temps. J'ai toujours trouvé qu'il y avait quelque chose de charmant et de mystérieux dans ce fruit au velouté délicat, mûrissant lentement et approchant de la perfection durant les longs jours d'été et les nuits parfumées, puis surgissant soudain dans ma vie à l'instant suprême de son existence. Même si je le voulais, je ne pourrais jamais l'oublier. Et, après avoir dévoré tout ce qui était comestible, il me restait encore le noyau qu'un enfant étourdi et insouciant aurait sans doute jeté ; je le déposai dans l'encolure d'un jeune ami qui portait un costume marin très décolleté. Je lui racontai que c'était un scorpion et, à voir la façon dont il hurlait et se tortillait, il le croyait sûrement ; je me demande comment ce petit idiot s'imaginait que j'avais pu me procurer un scorpion vivant au cours d'une garden-party. Bref, cette pêche est pour moi un souvenir heureux et inoubliable... »

Le malheureux Tarrington avait déjà battu

en retraite, et il se réconfortait de son mieux en se disant qu'un pique-nique auquel assistait Clovis risquait de se révéler une expérience fort déplaisante.

« Je devrais certainement faire une carrière au Parlement, se dit Clovis tout en tournant les talons d'un air satisfait pour s'en aller rejoindre sa Tante. Je n'aurais pas mon pareil pour faire de l'obstruction à la tribune. »

LA PAIX DE MOWSLE BARTON

Crefton Lockyer était confortablement et paisiblement installé sur le petit bout de terrain, mi-verger et mi-jardin, qui jouxtait la cour de ferme de Mowsle Barton. Après de longues années passées dans le bruit et la tension de la vie urbaine, le calme et la paix de cette demeure parmi les collines le frappaient avec une intensité presque insoutenable. Le temps et l'espace semblaient perdre leur signification et leur brusquerie ; les minutes se fondaient en heures, les prés et les jachères s'étendaient au loin, se mêlant doucement et imperceptiblement. Des herbes folles de la haie s'aventuraient jusqu'au milieu des parterres, tandis que buis et giroflées poussaient des contre-attaques jusque dans la cour de la ferme et sur le chemin. Des poules à l'air ensommeillé et des canards solennels et préoccupés semblaient tout aussi à l'aise dans la cour, dans le verger ou sur la route ; rien ne semblait avoir de place définie, même les portes ne restaient pas toujours sur leurs gonds. Et sur toute la scène planait une impression de paix quasi magique. Dans l'après-midi, on sentait que ç'avait toujours été l'après-midi, et que cela resterait toujours l'après-midi ; au crépuscule, on savait que ce n'avait jamais pu être autre chose que le crépuscule. Crefton Lockyer était donc confortablement assis dans son siège rustique sous un vieux néflier, et il se dit que c'était là le havre que son esprit s'était plu à imaginer et que récemment son corps las avait si souvent désiré. Il allait s'installer parmi ces gens simples et amicaux, améliorant peu à peu le modeste confort dont il aimait à s'entourer, mais tout en se conformant autant que possible à la façon de vivre des gens du pays.

Il mûrissait lentement cette résolution quand une vieille femme traversa en boitillant le verger. Il la reconnut : elle habitait la ferme ; elle était la mère ou peut-être la belle-mère de Mrs Spurfield, son actuelle propriétaire, et il s'empressa de lui adresser une remarque aimable. Mais elle le devança.

« Il y a quelque chose d'écrit à la craie sur la porte là-bas. Qu'est-ce que c'est ? »

Elle parlait d'une façon parfaitement impersonnelle, comme si elle avait la question sur les lèvres depuis des années et que mieux valait s'en débarrasser. Mais ses yeux regardaient avec impatience par-dessus la tête de Crefton la porte d'une petite grange qui constituait l'avant-poste des bâtiments de la ferme.

« Martha Pillamon est une vieille sorcière », telle fut l'inscription que déchiffra le regard inquisiteur de Crefton, et il hésita un moment avant de donner davantage de publicité à cette affirmation. Jusqu'à preuve du contraire, ce pouvait bien être à Martha en personne qu'il parlait. Le nom de jeune fille de Mrs Spurfield pouvait fort bien avoir été Pillamon. Et la vieille femme maigre et desséchée qui se trouvait devant lui pouvait certainement correspondre à l'idée qu'on se faisait dans le pays d'une sorcière.

« C'est quelque chose à propos d'une nommée Martha Pillamon, expliqua-t-il prudemment.

— Qu'est-ce que ça dit ?

— C'est très irrespectueux, dit Crefton ; cela dit qu'elle est une sorcière. On ne devrait pas écrire ces choses-là.

— C'est pourtant la vérité », déclara son interlocutrice avec une notable satisfaction. Puis, apportant sa contribution personnelle au signalement de la nommée Pillamon, elle ajouta : « Le vieux crapaud. »

Là-dessus, elle s'éloigna toujours claudicante vers la cour de la ferme en criant de sa voix fêlée : « Martha Pillamon est une vieille sorcière !

— Vous avez entendu ce qu'elle a dit ? » murmura une voix menue et furieuse, quelque part derrière l'épaule de Crefton. Se retournant précipitamment, il aperçut une autre vieille femme, maigre, jaune et fripée, et qui donnait tous les signes du plus vif déplaisir. De toute évidence, c'était Martha Pillamon en personne. Le verger semblait être le lieu de promenade favori des vieilles du voisinage.

« C'est des mensonges, d'affreux mensonges, reprit la voix grêle. C'est Betsy Croot qui est la vieille sorcière. Elle et sa fille, la sale guêpe. Je leur jetterai un sort, à ces deux saletés. »

Tout en s'éloignant d'un pas traînant, elle aperçut l'inscription à la craie sur la porte de la grange.

« Qu'est-ce qu'il y a d'écrit là-bas ? demanda-t-elle, en se retournant vers Crefton.

— Votez pour Soarker », répondit-il, avec la lâcheté résolue de l'homme qui tient à avoir la paix.

La vieille grommela, puis ses grognements et son châle rouge fané disparurent peu à peu parmi les arbres. Crefton finit par se lever et se dirigea vers la ferme. L'atmosphère tout à coup lui semblait beaucoup moins paisible.

La joyeuse animation de l'heure du thé dans la vieille cuisine de la ferme, que Crefton avait trouvée si plaisante les après-midi précédents, semblait avoir cédé la place aujourd'hui à une certaine mélancolie gênée. Il régnait un silence morne et lourd, et le thé lui-même, quand Crefton le goûta, était une décoction tiède et sans goût, qui aurait suffi à dissiper tout esprit de réjouissance d'un carnaval.

« Inutile de se plaindre du thé, s'empressa de dire Mrs Spurfield, en voyant son hôte fixer sa tasse d'un air de courtoise incrédulité. L'eau ne veut pas bouillir, voilà tout. »

Crefton se tourna vers l'âtre où un feu étonnamment vif ronflait sous une grosse bouilloire noire ; un mince filet de vapeur sortait du bec de celle-ci, mais elle semblait à part cela ignorer la présence des bûches ardentes qui s'entassaient dans la cheminée.

« Ça fait plus d'une heure, et elle ne veut pas bouillir, dit Mrs Spurfield, qui ajouta, pour compléter son explication : nous sommes ensorcelés.

— C'est Martha Pillamon qui a fait le coup, renchérit la vieille mère ; mais je lui rendrai la monnaie de sa pièce, à ce vieux crapaud. Je vais lui jeter un sort.

— Ça devrait bien finir par bouillir, protesta Crefton, ignorant ces allusions à des influences occultes. Peut-être que le charbon de bois est humide.

— Ça ne bouillira pas pour le dîner, ni pour le petit déjeuner de demain matin, même si on laissait le feu marcher toute la nuit », déclara Mrs Spurfield. Et elle n'avait pas menti. La maisonnée vécut de plats frits et cuits au four, et une voisine complaisante prépara du thé qu'elle apporta dans un état de chaleur relative.

« J'imagine que vous allez partir, maintenant que la situation devient inconfortable, observa Mrs Spurfield au petit déjeuner ; il y a des gens qui vous abandonnent dès que les choses tournent mal. »

Crefton nia catégoriquement avoir songé à modifier ses projets ; il observa toutefois dans son for intérieur que l'atmosphère chaude et cordiale des jours précédents ne régnait plus guère dans la maison. Des regards méfiants, des silences maussades ou de brefs échanges de conversation étaient devenus le menu habituel. Quant à la vieille mère, elle restait toute la journée assise dans la cuisine ou dans le jardin, en marmonnant des menaces et des incantations contre Martha Pillamon. Il y avait quelque chose tout à la fois de terrifiant et de pitoyable dans le spectacle de ces frêles et vieux débris d'humanité, qui consacraient leurs derniers sursauts d'énergie à se rendre mutuellement la vie intenable. La haine semblait être l'unique faculté à avoir survécu tout aussi vigoureusement alors que toutes les autres étaient en pleine décadence. Et ce qu'il y avait d'étrange dans tout cela, c'était qu'effectivement, de leur rancœur et de leur malédiction semblait émaner quelque affreux pouvoir surnaturel. Toutes les explications les plus sceptiques ne pouvaient rien contre le fait incontestable que ni le contenu de la bouilloire ni celui de la marmite ne parvenaient au point d'ébullition malgré le feu le plus ardent. Crefton se cramponna le plus longtemps possible à la théorie d'une défectuosité dans le charbon, mais un feu de bois donna les mêmes résultats, et quand une petite lampe à alcool qu'il avait fait livrer par express ne donna pas plus de résultats, il sentit qu'il venait d'entrer brusquement en contact avec un aspect inconnu et maléfique de forces cachées. A des kilomètres de là, par une brèche entre les collines, il apercevait une route où des automobiles passaient de temps en temps, mais ici, si loin des artères de la civilisation la plus moderne, se trouvait une vieille demeure hantée par les chauves-souris, où quelque chose qui ressemblait fort à de la sorcellerie paraissait être intervenu dans la vie quotidienne.

En traversant le jardin potager pour gagner le chemin où il espérait retrouver le confortable sentiment de paix qui manquait si fort dans la maison et autour de l'âtre — surtout autour de l'âtre — Crefton rencontra la vieille mère, qui, assise sous le néflier, marmonnait toute seule. « Que l'on coule en nageant, que l'on coule en nageant », répétait-elle inlassablement, comme un enfant répète une leçon qu'il apprend. Et de temps en temps, elle éclatait d'un rire aigu, où pointait une note de malice qui n'était pas agréable à entendre. Crefton fut heureux de se retrouver plus loin, dans la quiétude des chemins envahis d'herbe et qui semblaient ne mener nulle part ; l'un d'eux, plus étroit et plus creux que les autres, l'attira, et il fut presque navré de constater que c'était en fait une petite route en miniature qui conduisait à une habitation humaine. Une chaumière qui semblait délaissée, avec un petit bout de jardin potager mal entretenu et quelques pommiers tordus par les vents se dressaient à l'endroit où un rapide petit ruisseau s'élargissait pour former un étang de bonne dimension avant de plonger de nouveau parmi les saules qui avaient arrêté sa course. Crefton s'appuya au tronc d'un arbre et regarda par-dessus les tourbillons de l'étang l'humble petite demeure qui lui faisait face ; le seul signe de vie provenait d'une petite procession de canards un peu dépenaillés qui se dirigeaient en file indienne vers le bord de l'eau. Il y a toujours quelque chose d'assez fascinant dans la façon dont un canard se métamorphose en un instant, trottant d'un pas lent et maladroit sur la terre pour devenir sur les eaux un nageur gracieux et rapide ; et Crefton attendit pour regarder le chef de file se lancer à la surface de l'étang. Un étrange pressentiment lui soufflait en même temps que quelque chose d'étrange et de déplaisant allait se produire. Le canard se lança avec confiance dans l'eau et disparut aussitôt au-dessous de la surface. Sa tête apparut un moment et disparut de nouveau, laissant dans son sillage un cortège de bulles, tandis que des pattes et des ailes il battait furieusement l'eau. De toute évidence, le volatile se noyait. Crefton crut un moment qu'il s'était pris dans des herbes ou qu'un brochet ou rat d'eau l'attaquait par en dessous. Mais on n'apercevait aucune trace de sang à la surface, et le corps du canard agité de soubresauts désespérés suivit le courant sans paraître le moins du monde arrêté par quoi que ce fût. Un second canard s'était entre-temps lancé sur la mare, et un second corps vint bientôt rouler et se tordre sous la surface de l'eau. C'était un spectacle particulièrement navrant que de voir les becs qui apparaissaient de temps en temps au-dessus de l'eau, comme dans une protestation terrifiée devant la traîtrise d'un élément pourtant sûr et familier. Crefton regarda avec une sorte d'horreur un troisième canard s'arrêter sur la berge, sauter à l'eau et partager le sort de ses deux congénères. Il éprouva presque du soulagement quand le reste du troupeau, s'alarmant enfin de ces étranges accidents, se recula, le cou tendu, et s'éloigna des lieux du péril, en lançant avant de s'en aller un vibrant cri d'inquiétude. Au même instant, Crefton s'aperçut qu'il n'était pas le seul témoin de cette scène : une vieille rabougrie et toute courbée, qu'il reconnut aussitôt pour être Martha Pillamon, de sinistre réputation, avait suivi le sentier jusqu'au bord de l'eau, et contemplait fixement la danse macabre des volatiles noyés qui descendaient en sinistre cortège les eaux de la mare. Elle ne tarda pas à s'écrier d'une voix tremblante de rage :

« C'est Betsy Croot qui a fait ça, la vieille garce. Je vais lui jeter un sort, vous allez voir. »

Crefton s'éloigna sans bruit, se demandant si la vieille avait ou non remarqué sa présence. Avant même qu'elle eût proclamé la culpabilité de Betsy Croot, il se souvint non sans malaise de l'incantation que marmonnait cette dernière : « Que l'on coule en nageant. » Mais c'était cette dernière menace d'un envoûtement de représailles qui l'emplissait d'appréhension. Ses facultés de raisonnement ne pouvaient plus se permettre d'écarter ces menaces de vieilles femmes comme autant de vains radotages. Toute la maison de Mowsle Barton encourait le déplaisir d'une vieille femme vindicative qui semblait capable de matérialiser ses rancœurs personnelles sous une forme extrêmement concrète, et qui pouvait dire comment elle allait venger la mort des trois canards. Comme il faisait partie de la maison, Crefton pouvait se trouver impliqué dans quelque manifestation hautement désagréable du courroux de Martha Pillamon. Il savait bien sûr qu'il s'abandonnait à d'absurdes imaginations, mais le comportement de la lampe à alcool et la scène de l'étang l'avaient considérablement ébranlé. Et puis le côté vague de son inquiétude ne la rendait que plus terrifiante ; dès l'instant où l'on a fait entrer en ligne de compte l'Impossible, ses possibilités deviennent pratiquement sans limites.

Crefton se leva aussi tôt que d'habitude le lendemain, matin, après l'une des nuits les moins reposantes qu'il eût passées à la ferme. Ses sens aiguisés ne tardèrent pas à déceler cette atmosphère de subtile malaise qui plane sur une maison frappée par une calamité. Les vaches avaient été traites, mais elles restaient groupées dans la cour, attendant avec impatience d'être menées au champ, et la volaille rappelait bruyamment dans la basse-cour que l'heure de la distribution de graines était passée ; la pompe, dont la musique discordante se faisait fréquemment entendre à différents intervalles au début de la matinée, gardait aujourd'hui un silence de mauvais augure. Dans la maison même, on entendait des allées et venues, des voix qui s'approchaient puis s'éloignaient, de longs silences inquiétants, Crefton termina sa toilette et se dirigea vers l'étroit escalier. Il entendit une voix morne et geignarde, une voix réduite à un chuchotement craintif et qu'il reconnut pour être celle de Mrs Spurfield.

« Il va s'en aller, pour sûr, disait la voix ; il est de ceux qui fichent le camp dès que le vrai malheur se montre. »

Crefton sentit qu'il était probablement un de ceux-là, et il se dit qu'il y avait des moments où l'on devait se conformer à l'idée que les gens se faisaient de vous.

Il regagna sa chambre à pas de loup, rassembla ses affaires et boucla ses valises, plaça sur une table l'argent qu'il devait pour sa pension, et sortit par une petite porte qui donnait sur la cour. Toute la volaille se précipita vers lui, pleine d'espoir ; se débarrassant de leurs attentions intéressées, il rasa les murs de l'étable, de la porcherie et des granges jusqu'à ce qu'il eût débouché sur le chemin, derrière la ferme. Quelques minutes de marche, que seul le poids de ses valises empêcha de se transformer en une course éperdue, l'amenèrent jusqu'à la grand-route, où le camionneur matinal eut tôt fait de le rattraper et de le conduire jusqu'à la ville voisine. A un détour de la route, il eut une dernière vision de la ferme : les vieux toits à pignons, les granges couvertes de chaume, le verger en désordre et le néflier avec son banc de bois, tout cela se détachait avec une clarté presque spectrale dans la lumière du petit matin, et il flottait sur tout cela cet air de possession magique que Crefton avait un jour pris pour de la paix.

Le bruit et l'agitation de la gare de Paddington retentit à ses oreilles comme un hymne de bon accueil.

« C'est très mauvais pour les nerfs, toute cette hâte et cette précipitation, observa un voyageur ; comme je préfère le calme et la paix de la campagne. »

Crefton songea tout bas qu'il renonçait pour sa part à cette tranquillité convoitée. Un music-hall bondé, brillamment éclairé, et où un orchestre jouait avec fracas la musique la plus tapageuse, voilà quel était désormais pour lui l'idéal en matière de sédatif.

LA SEPTIÈME POULARDE

« Ce n'est pas du travail quotidien que je me plains, dit Blenkinthrope, d'un ton amer. C'est de la morne grisaille de ma vie en dehors des heures de bureau. Il ne m'arrive jamais rien d'intéressant, rien de remarquable ni qui sorte du commun. Même les petites choses auxquelles j'essaie de trouver quelque intérêt n'ont pas l'air d'intéresser les autres. Mon jardin, par exemple.

— La pomme de terre qui pesait plus de deux livres, dit son ami Gorworth.

— Je vous en ai parlé ? dit Blenkinthrope. Je l'ai raconté aux autres ce matin dans le train. Je ne me rappelle plus si je vous l'ai dit.

— Pour être précis, vous m'avez expliqué qu'elle pesait un peu moins de deux livres, mais j'ai tenu compte du fait que les végétaux anormaux, comme les poissons d'eau douce, ont une vie posthume, au cours de laquelle leur croissance se poursuit.

— Vous êtes bien comme les autres, dit tristement Blenkinthrope, vous ne faites que vous moquer de moi.

— La faute en incombe à la pomme de terre, pas à nous, dit Gorworth. Elle ne nous intéresse pas le moins du monde, parce qu'elle n'est pas le moins du monde intéressante. Les gens avec qui vous prenez le train tous les jours, sont exactement dans le même cas que vous ; leurs vies sont banales et pas très intéressantes, et ils ne vont certainement pas se pâmer d'enthousiasme devant la banalité de l'existence d'autrui. Racontez-leur quelque chose d'extraordinaire, de dramatique, de piquant, qui vous soit arrivé à vous-même, ou à quelqu'un de votre famille, et vous retiendrez aussitôt leur attention. Ils parleront de vous avec un certain orgueil à tous leurs amis. » « Un homme que je connais fort bien, un nommé Blenkinthrope, il habite près de chez moi, s'est fait couper deux doigts par un homard qu'il rapportait chez lui pour dîner. Le docteur dit qu'il faudra peut-être l'amputer de la main. » Ça, c'est de la conversation. Mais vous vous imaginez entrant dans un club de tennis en disant : je connais un homme qui a récolté une pomme de terre pesant 950 grammes.

— Mais, bon sang, mon bon ami, dit Blenkinthrope avec impatience, je viens de vous dire qu'il ne m'arrivait jamais rien de remarquable.

— Inventez quelque chose », dit Gorworth. Depuis qu'il avait gagné un prix d'excellence en Histoire Sainte au lycée, il s'était toujours cru autorisé à être un peu moins scrupuleux que les gens de son entourage. On pouvait sûrement beaucoup pardonner à quelqu'un qui, tout jeune, avait pu citer une liste de dix-sept arbres mentionnés dans l'Ancien Testament.

« Quel genre de choses ? interrogea Blenkinthrope, un peu agacé.

— Un serpent a pénétré dans votre poulailler hier matin et a tué six de vos sept poulardes, en les hypnotisant d'abord du regard, puis en les mordant une fois paralysées. La septième poularde était une poule française, avec des plumes sur les yeux, si bien qu'elle a échappé au regard fascinateur du reptile, elle s'est précipitée sur ce qu'elle pouvait voir du serpent et l'a tué à coups de bec.

— Merci, dit Blenkinthrope d'un ton pincé, c'est une invention fort habile. Si pareille chose était vraiment arrivée dans mon poulailler, je reconnais que j'aurais été fier de le raconter à tout le monde. Mais je préfère m'en tenir aux faits, si banals soient-ils. » Cependant, il songeait avec nostalgie à l'histoire de la septième poularde. Il s'imaginait la racontant dans le train, éveillant l'intérêt passionné de ses compagnons de voyage. Inconsciemment, il se mit à imaginer toutes sortes de petits détails et d'amélioration.

Il y songeait encore avec tristesse quand il vint s'asseoir dans le compartiment de chemin de fer le lendemain matin. En face de lui était assis Stevenham, qui avait acquis une certaine notoriété grâce au fait qu'un de ses oncles était tombé mort en plein bureau de vote au cours d'élections générales. La chose était arrivée trois ans auparavant, mais on considérait encore Stevenham comme une autorité en matière de politique intérieure et extérieure.

« Bonjour, comment va le champignon géant, ou était-ce une courge ? » telle fut à peu près toute l'attention que Blenkinthrope obtint de ses compagnons de train.

Le jeune Duckby, pour lequel il éprouvait une

certaine antipathie, ne tarda pas à monopoliser l'attention générale en racontant une calamité domestique.

« J'ai eu quatre jeunes pigeons emportés hier soir par un énorme rat. Oh, ce devait être un monstre ; il n'y avait qu'à voir la taille du trou qu'il a fait pour pénétrer dans le pigeonnier. »

Aucun rat de taille moyenne ne semblait jamais exercer ses ravages dans la région ; ils étaient tous énormes dans leur énormité.

« C'est un coup dur, reprit Duckby, voyant qu'il s'était assuré l'attention et le respect de l'assistance. Quatre pigeons d'un seul coup. C'est vraiment moche.

— J'ai eu six poulardes sur sept dans un poulailler tuées par un serpent hier après-midi, déclara Blenkinthrope, d'une voix qu'il reconnut à peine.

— Par un serpent ! s'écrièrent les voyageurs en chœur.

— Il les a fascinées l'une après l'autre avec ses petits yeux étincelants, puis les a piquées alors qu'elles étaient paralysées. Une voisine malade, et qui ne pouvait pas appeler au secours, a vu toute la scène par la fenêtre de sa chambre.

— Ça, alors ! s'écria le chœur, avec diverses variations.

— Le plus curieux, c'est le cas de la septième poularde, celle qui n'a pas été tuée », reprit Blenkinthrope, en allumant lentement une cigarette. Sa timidité l'avait abandonné, et il commençait à comprendre combien la dépravation peut sembler facile et tentante une fois qu'on a eu le courage de commencer. « Les six poules mortes étaient des Minorques. La septième était une Houdan, avec une touffe de plumes sur les yeux. C'était à peine si elle pouvait voir le serpent, alors, bien sûr, elle n'a pas été hypnotisée comme les autres. Elle voyait tout juste quelque chose qui se tortillait sur le sol, elle s'est précipitée dessus et l'a tué à coups de bec.

— Vous vous rendez compte ! » s'écria le chœur.

Au cours des jours suivants, Blenkinthrope découvrit combien on se console facilement d'avoir perdu le respect de soi-même, quand on s'est acquis l'estime du monde. Son récit parvint jusqu'aux publications avicoles, et fut reproduit dans un quotidien parmi les informations générales. Une femme écrivit du nord de l'Ecosse, pour rapporter un incident similaire dont elle avait été le témoin, et qui avait eu pour protagonistes une hermine et une grouse aveugle.

Pendant quelque temps, l'adaptateur de l'histoire de la septième poularde savoura pleinement son nouveau statut de personnage important, qui avait joué son rôle dans les étranges événements de son époque.

Puis il se trouva une fois de plus rejeté dans la grisaille par la soudaine accession à la notoriété de Smith-Paddon, un voyageur dont la petite fille avait été renversée et presque blessée par une voiture appartenant à une vedette de music-hall. La vedette n'était pas dans la voiture au moment de l'accident, mais elle figurait sur de nombreuses photographies publiées par des magazines, en train de s'enquérir de la santé de Maisie, fille de Mr Edmund Smith-Paddon. Pris par ce nouvel intérêt humain, ses compagnons de voyage se montrèrent presque grossiers quand Blenkinthrope essaya de leur expliquer l'appareil qu'il avait conçu pour empêcher les vipères et les faucons errants de pénétrer dans son poulailler.

Gorworth, à qui il confia ses soucis, lui donna le même conseil qu'auparavant.

« Inventez quelque chose.

— Oui, mais quoi ? »

Cet acquiescement immédiat et la question qui le suivait, trahissaient une modification significative de la position éthique de Blenkinthrope.

Quelques jours plus tard, celui-ci dévoila un chapitre de son histoire familiale à son auditoire habituel.

« Il est arrivé quelque chose de bien curieux à ma tante, celle qui habite Paris », commença-t-il. Il avait plusieurs tantes, mais leur répartition géographique ne dépassait pas le cadre de la banlieue londonienne.

« Elle était assise sur un banc au bois l'autre après-midi, après avoir déjeuné à la Légation de Roumanie. »

Malgré tout ce que l'histoire gagnait en pittoresque grâce à l'introduction de cette « atmosphère diplomatique », elle cessait par là même d'appartenir au domaine des événements courants. Gorworth avait prévenu son disciple mais l'enthousiasme traditionnel du néophyte l'avait emporté sur la prudence.

« Elle se sentait un peu ensommeillée, sans doute à cause du champagne, qu'elle n'a pas l'habitude de prendre au déjeuner. »

Un murmure d'admiration parcourut l'assistance. Les tantes de Blenkinthrope n'avaient pas l'habitude de prendre du champagne au milieu de l'année, et considéraient cette boisson comme un élément exclusif des fêtes de fin d'année.

« Un homme assez corpulent passa devant son banc et s'arrêta un instant pour allumer un cigare. A cet instant, un jeune homme surgit par derrière, dégaina un poignard et le frappa à cinq ou six reprises. « Canaille, criait-il à sa victime, tu ne me connais pas, je m'appelle Henri Leturc. » L'homme essuya un peu du sang qui maculait ses vêtements, se tourna vers son agresseur et dit : « Et depuis quand une tentative d'assassinat tient-elle lieu de présentation ? » sur quoi, il termina d'allumer son cigare et s'éloigna. Ma tante avait pensé tout d'abord à appeler la police, mais voyant l'indifférence avec laquelle le principal intéressé traitait cette affaire, elle estima que ce serait une impertinence de sa part que d'intervenir. Je n'ai pas besoin de vous dire qu'elle ne vit dans toute cette histoire que les effets conjugués d'un après-midi un peu chaud succédant à un déjeuner au champagne à la Légation. Mais j'en arrive maintenant à la partie stupéfiante de mon histoire. Quinze jours plus tard, un directeur de banque fut mortellement blessé à coups de poignard en cet endroit même du bois. Son assassin était le fils d'une femme de ménage jadis employée à la banque, et qui avait été congédiée par le directeur en raison de son intempérance chronique. Il s'appelait Henri Leturc. »

Blenkinthrope fut désormais tacitement accepté comme le Munchausen du groupe. Chaque jour ses compagnons faisaient appel à lui pour éprouver leur crédulité, et Blenkinthrope, dans la fausse sécurité que lui conférait la présence d'un auditoire sûr et bienveillant, déployait des trésors d'ingéniosité pour répondre à la demande de merveilles. L'histoire que racontait Duckby d'une loutre apprivoisée qui avait un bassin dans le jardin pour nager, et qui poussait des gémissements désespérés chaque fois qu'on avait omis de payer la note d'eau, était à peine une parodie des efforts les plus échevelés de Blenkinthrope. Et puis un jour, la Némésis frappa.

Rentrant un soir à sa villa, Blenkinthrope trouva sa femme assise devant un paquet de cartes, qu'elle examinait avec une attention insolite.

« Toujours la même patience ? demanda-t-il négligemment.

— Non, chéri, c'est la réussite de la tête de mort, la plus difficile de toutes. Je n'ai jamais réussi à la terminer, et je crois que j'aurais un peu peur si j'y parvenais. Ma mère ne l'a réussie qu'une fois dans sa vie, elle en avait peur aussi. Sa grand-tante l'avait faite une fois et elle en était tombée morte de surprise, et ma mère avait toujours l'impression que si jamais elle la réussissait, elle en mourrait. Elle est morte le soir même où elle l'avait terminée. Je sais bien qu'elle était en mauvaise santé à l'époque, mais c'était quand même une étrange coïncidence.

— Ne va pas t'affoler avec ça », se contenta de dire Blenkinthrope en quittant la pièce. Quelques minutes plus tard, sa femme l'appela.

« John, c'est extraordinaire, j'ai failli la réussir. Il n'y a que le cinq de carreau qui me bloque. J'ai vraiment cru que j'allais la terminer.

— Mais tu peux, dit Blenkinthrope, qui était revenu dans la pièce. Si tu poses le huit de trèfle sur le neuf, tu peux poser le cinq sur le six. »

Sa femme fit l'opération qu'il lui conseillait d'une main tremblante de précipitation, et elle plaça les cartes en question sur la pile où elles devaient se trouver. Puis elle suivit l'exemple de sa mère et de sa grand-tante.

Blenkinthrope avait pour sa femme une affection sincère, mais dans son affliction une pensée l'obsédait. Quelque chose de sensationnel et de vrai venait enfin de se produire dans sa vie ; ce n'était plus une suite de jours gris et vides. Il ne cessait d'imaginer les titres susceptibles de décrire la tragédie qui venait de le frapper : « Un pressentiment héréditaire se confirme. » « La réussite de la tête de mort : une patience qui a justifié son nom pour trois générations. » Il écrivit un récit complet du triste événement pour l'*Echo de l'Essex,* dont le rédacteur en chef était un de ses amis, et il en confia un condensé à un autre ami, pour un magazine. Mais, dans l'un et l'autre cas, sa réputation de hâbleur vint nuire à ses ambitions. « Ce n'est pas bien de continuer à jouer les Tartarins quand le malheur vous frappe », disaient ses amis ; et une brève note de condoléances à propos du « brusque décès de la femme de notre estimé voisin, Mr John Blenkinthrope, victime d'une crise cardiaque », publiée dans les journal local fut la seule concrétisation de ses rêves d'une vaste publicité.

Blenkinthrope renonça à la société de ses anciens compagnons de voyage et se mit à prendre un train plus matinal. Il essaie quelquefois de se gagner la sympathie et l'attention d'un inconnu en lui racontant les prouesses vocales de son canari ou en lui décrivant les dimensions de sa plus grosse betterave ; mais c'est à peine s'il reconnaît en lui l'homme que l'on se montrait autrefois du doigt en disant que c'était lui le propriétaire de la septième poularde.

UN DEVOIR DE VACANCES

Quand Kenelm Jerton entra dans la salle à manger de l'Hôtel du Galion d'Or, c'était le coup de feu du déjeuner. Presque toutes les places étaient occupées, et l'on avait ajouté de petites tables là où on pouvait les mettre, pour installer les retardataires, si bien qu'un grand nombre de tables se touchaient. Un serveur désigna à Jerton la seule table libre en vue, et Jerton alla s'asseoir avec l'impression déplaisante et dénuée de tout fondement que tous les regards étaient fixés sur lui. C'était un jeune homme d'aspect fort ordinaire, discrètement vêtu et aux manières paisibles, mais il ne parvenait jamais à se débarrasser tout à fait de l'idée que tout le monde le dévisageait comme s'il avait été une personnalité ou le pire des excentriques. Quand il eut commandé son déjeuner, il y eut l'inévitable intervalle d'attente, sans rien d'autre à faire que de fixer le vase de fleurs posé sur sa table et que d'être dévisagé « en imagination » par quelques jeunes filles, certaines créatures plus mûres appartenant au même sexe, et un Juif à l'air narquois. Afin de supporter cette situation avec quelque apparence d'insouciance, il parut s'intéresser passionnément au contenu du vase de fleurs.

« Savez-vous quel est le nom de ces roses ? » demanda-t-il au garçon. Le garçon était toujours prêt à dissimuler son ignorance concernant la carte des vins ou le menu ; mais il ne fit aucun effort pour dissimuler son ignorance quant au nom spécifique des roses.

« *Amy Sylvester Partington* », dit une voix auprès de Jerton.

La voix émanait d'une jeune femme au visage avenant et à la mise élégante, qui était assise à une table qui touchait presque celle de Jerton. Il la remercia précipitamment et avec une certaine nervosité de ce renseignement, et se livra à une remarque sans intérêt concernant les fleurs.

« C'est curieux, reprit la jeune femme, que je puisse vous dire sans le moindre effort de mémoire le nom de ces roses, parce que si vous me demandiez mon nom, je serais absolument incapable de vous le dire. »

Jerton n'avait pas le moins du monde l'intention d'étendre à sa voisine son appétit de dénomination. Toutefois, après cette déclaration peu commune, il se crut obligé de lui demander poliment des précisions.

« Oui, répondit la dame, j'imagine que c'est un cas d'amnésie partielle. J'ai pris le train pour venir ici ; d'après mon billet, je suis montée à Victoria et c'est ici que je devais me rendre. J'avais sur moi deux billets de cinq livres et un souverain, pas de cartes de visite ni aucune pièce d'identité, et j'ignore absolument qui je suis. Je me souviens seulement vaguement d'avoir un titre : je suis Lady quelque chose... mais à part cela, j'ai l'esprit parfaitement vide.

— Vous n'aviez pas de bagages avec vous ? interrogea Jerton.

— C'est justement ce que j'ignore. Je connaissais le nom de cet hôtel et j'ai décidé de venir ici, et quand le portier de l'hôtel qui est à l'arrivée des trains m'a demandé si j'avais des bagages, il m'a fallu inventer une trousse de voyage et un panier ; je pourrai toujours prétendre qu'on les a perdus. Je lui ai donné le nom de Smith, et il a fini par émerger d'une pile de bagages et de voyageurs avec une trousse de voyage et un panier au nom de Kestrel-Smith. J'ai bien été obligée de les prendre : je ne vois pas ce que j'aurais pu faire d'autre. »

Jerton ne dit rien, mais il se demanda ce qu'allait faire le légitime propriétaire des bagages.

« Bien sûr, c'était terrible d'arriver dans un hôtel inconnu sous le nom de Kestrel-Smith, mais ç'aurait été bien pire encore d'arriver sans bagages. D'ailleurs, j'ai horreur de faire des histoires. »

Jerton s'imaginait des employés de chemin de fer exaspérés et des Kestrel-Smith au bord de la dépression nerveuse, mais il ne fit aucun effort pour traduire en mots cette image mentale. La jeune femme cependant poursuivait son histoire.

« Naturellement, aucune de mes clefs n'ouvrait ces bagages, mais j'ai dit à un groom intelligent que j'avais perdu mon trousseau de clefs, et il a forcé les serrures en un rien de temps. Il est d'ailleurs un peu trop intelligent, ce garçon : il finira sans doute à Dartmoor. Les accessoires de toilette des Kestrel-Smith ne sont pas extraordinaires, mais c'est toujours mieux que rien.

— Si vous êtes certaine d'avoir un titre, dit Jerton, pourquoi ne pas consulter un annuaire de la pairie ?

— J'ai essayé. J'ai feuilleté la liste des membres de la Chambre des Lords, mais une simple énumération de noms ne me dit pas grand-chose, vous savez. Si vous étiez officier de carrière et que vous ayez perdu votre identité, vous pourriez consulter les listes du Ministère de la Guerre pendant des mois sans découvrir qui vous êtes. Je vais tenter une autre méthode ; je vais essayer de découvrir, grâce à divers tests, ce que je ne suis pas : cela réduira quelque peu le champ des hypothèses. Vous avez peut-être remarqué, par exemple, que mon déjeuner se compose essentiellement de homard. »

Jerton ne s'était hasardé à aucune remarque de ce genre.

« C'est une extravagance, car c'est un des plats les plus chers du menu, mais cela prouve en tout cas que je ne suis pas Lady Starping ; elle ne mange jamais de crustacés, et la pauvre Lady Braddleshrub ne digère rien du tout ; si je suis elle, je mourrai certainement dans d'atroces souffrances au cours de l'après-midi, et la tâche de découvrir mon identité incombera à la presse, à la police et à ces sortes de gens ; je ne serai pas en état de m'en occuper. Lady Knewford est incapable de distinguer une rose d'une autre, et elle a horreur des hommes, aussi ne vous aurait-elle en aucun cas adressé la parole ; Lady Mousehilton flirte avec tous les hommes qu'elle rencontre... je n'ai pas flirté avec vous, n'est-ce pas ? »

Jerton s'empressa de la rassurer.

« Eh bien, vous voyez, reprit la dame, cela fait déjà quatre noms à rayer sur ma liste.

— Cela va vous demander un moment de réduire votre liste à un seul nom, observa Jerton.

— Oh, mais il y en a naturellement des tas que je ne pourrais absolument pas être : des femmes qui ont des petits-enfants ou des fils assez grands pour être soldats. Je n'ai à prendre en considération que celles qui ont à peu près mon âge. Je vais vous dire en quoi vous pourriez m'aider cet après-midi, si cela ne vous ennuie pas : vous pourriez feuilleter des vieux numéros de *Country Life* et d'autres magazines de ce genre que vous trouverez dans le fumoir, et voir si vous ne tombez pas sur ma photographie avec un bébé dans les bras ou quelque chose comme ça. Cela ne vous prendra pas dix minutes. Je vous retrouverai dans le salon vers l'heure du thé. Merci infiniment. »

Et la belle inconnue, ayant ainsi gracieusement enrôlé Jerton dans cette enquête d'identité, se leva et quitta la salle à manger. En passant devant la table du jeune homme, elle s'arrêta un instant et murmura :

« Vous avez remarqué que j'ai laissé un shilling de pourboire au garçon ? Nous pouvons donc rayer Lady Ulwight de la liste ; elle aurait préféré mourir plutôt que de faire cela. »

A cinq heures, Jerton se rendit dans le salon de l'hôtel ; il avait passé un quart d'heure, en diligentes mais vaines recherches, à feuilleter les magazines illustrés du fumoir. La jeune femme du déjeuner était assise à une petite table, et un garçon la servait.

« Thé de Chine ou Ceylan ? demanda-t-elle à Jerton.

— Chine, s'il vous plaît, et pas de toast. Avez-vous découvert quelque chose ?

— Seulement des renseignements négatifs. Je ne suis pas Lady Befnal. Elle réprouve catégoriquement le jeu sous toutes ses formes ; or, j'ai reconnu dans le hall de l'hôtel un bookmaker célèbre, et je suis allée jouer dix shillings sur une jument sans nom, fille de Guillaume III et de Mitrovitza, dans la Troisième. Je suppose que l'anonymat de cette bête m'a attirée.

— A-t-elle gagné ? demanda Jerton.

— Non, elle est arrivée quatrième, et rien n'est plus irritant quand vous avez joué un cheval gagnant ou placé. En tout cas, je sais maintenant que je ne suis pas Lady Befnal.

— Il me semble que c'est une certitude chèrement acquise, remarqua Jerton.

— Mon Dieu, oui, cela m'a lessivée, reconnut la jeune femme. Il doit me rester en tout et pour tout un florin. Le homard a lourdement pesé sur l'addition de mon déjeuner et il a fallu, bien sûr, que je donne un pourboire au groom pour avoir forcé les serrures des bagages. Mais il m'est venu une idée intéressante. Je suis certaine d'appartenir au Club du Pivot ; je vais rentrer à Londres et demander au portier s'il y a du courrier pour moi. Il connaît tous les membres du club, et s'il y a des lettres ou des messages téléphoniques qui m'attendent, cela résoudra évidemment le problème. S'il me dit qu'il n'y en a pas, je lui demanderai : « Vous savez qui je suis, n'est-ce pas ? », et ainsi je le saurai. »

Le plan semblait sain ; son exécution présentait toutefois une difficulté qui n'échappa pas à Jerton.

« Evidemment, dit la dame, quand il eut fait allusion à cet obstacle, il y a le prix du billet pour Londres, ma note ici, les taxis et autres faux frais. Si vous pouvez me prêter trois livres, cela devrait me suffire. Je vous remercie infiniment. Il y a aussi la question de ces bagages : je ne tiens pas à m'en encombrer pour le restant de mes jours. Je vais les faire descendre dans le hall, et vous pourrez faire mine de les surveiller pendant que j'écris une lettre. Puis je filerai discrètement jusqu'à la gare, et vous pourrez passer dans le fumoir, et ils n'auront qu'à faire ce qu'ils veulent de ces bagages. Au bout d'un moment, ils demanderont à qui ils appartiennent et leur propriétaire pourra venir les réclamer. »

Jerton donna son accord à la manœuvre et s'en vint consciencieusement surveiller les bagages tandis que leur propriétaire provisoire s'éclipsait discrètement de l'hôtel. Son départ ne passa toutefois pas complètement inaperçu. Deux messieurs passèrent auprès de Jerton, et l'un d'eux fit remarquer à son compagnon :

« Avez-vous vu cette grande jeune femme en gris qui vient de sortir ? C'est... »

Ses pas l'entraînèrent hors de portée d'oreille au moment critique où il allait dévoiler l'identité de l'inconnue. Jerton ne pouvait guère se précipiter derrière un parfait inconnu, engager la conversation et lui demander des renseignements concernant une femme qu'il venait de croiser. Il devait d'ailleurs faire semblant de monter la garde devant les bagages. Mais, quelques minutes plus tard, l'homme qui savait repassa devant lui, seul. Jerton rassembla donc son courage et l'aborda.

« Je crois vous avoir entendu dire que vous connaissiez la dame qui est sortie de l'hôtel il y a quelques minutes, une femme assez grande, vêtue de gris. Pardonnez-moi de vous demander si vous pourriez me dire son nom ; je lui ai parlé pendant une demi-heure ; elle... elle connaît ma famille et semble me connaître, je suppose donc que je l'ai rencontrée quelque part, mais du diable si je peux me rappeler son nom. Pourriez-vous... ?

— Mais certainement. C'est Mrs Stroope.

— Ce n'est pas Lady Stroope ? demanda Jerton.

— Non, simplement Mrs Stroope. Elle est championne de golfe à mon club. Une femme charmante, et qui sort beaucoup, mais elle a l'étrange habitude de perdre la mémoire de temps en temps, et de s'attirer ainsi toutes sortes d'histoires. Et elle est furieuse si vous y faites ensuite la moindre allusion. Voilà, Monsieur. Je vous salue bien. »

L'étranger passa son chemin et Jerton n'avait pas encore eu le temps de bien assimiler ces renseignements, que son attention fut attirée par une dame extrêmement en colère qui faisait ses doléances aux employés de l'hôtel.

« Est-ce qu'on n'a pas par erreur apporté de la gare des bagages, une trousse de voyage et un panier, au nom de Kestrel-Smith ? Je n'en trouve trace nulle part. Je les ai vus mettre dans le train à Victoria, j'en jurerais. Tiens... mais ce sont mes bagages ! Et l'on a forcé les serrures ! »

Jerton n'en entendit pas davantage. Il courut chercher refuge au bain turc, où il passa des heures.

LE BŒUF EN VISITE

Theophil Eschley était artiste de son état, et le cadre où il vivait avait fait de lui un peintre animalier spécialisé dans le bétail. Il ne faudrait pas croire par là qu'il vivait dans un ranch ni dans une laiterie, dans une ambiance sentant la corne et le sabot, le tabouret à traire et le fer à marquer. Il habitait une villa dans un quartier peuplé de nombreuses villas et qui n'était pas loin d'être banlieusard Sur un côté, son jardin jouxtait une petite prairie pittoresque, dans laquelle un voisin entreprenant faisait paître de petites vaches fort pimpantes de l'espèce anglo-normande. A midi en été, les vaches se tenaient, enfoncées jusqu'à mi-jarret dans l'herbe haute, à l'ombre d'un bouquet de noyer, et le soleil se répandait en taches claires sur leur pelage luisant. Eschley avait conçu et peint un charmant tableau des deux vaches laitières au repos sur fond de noyers, d'herbe grasse et de soleil filtrant entre les feuilles, et l'Académie Royale avait inscrit cette toile au catalogue de son exposition d'été. L'Académie Royale encourage les habitudes d'ordre et de méthode chez ses protégés. Eschley avait peint une toile réussie et acceptée de bétail somnolent pittoresquement à l'ombre des noyers, et comme il avait commencé, force lui fut de continuer. Sa « Paix de midi », une étude de deux vaches baies sous un noyer, fut suivie de « Midi, heure sacrée », étude d'un noyer sous lequel s'abritaient deux vaches, puis vinrent « Quand les mouches se taisent », « Le havre du bétail », « Rêve au pays laitier », « Etudes de noyers et de vaches laitières ». Les deux tentatives qu'il fit pour rompre avec sa propre tradition furent des échecs insignes : « Tourterelles alarmées par la présence d'un épervier », et « Loups dans la campagne romaine » retrouvèrent rapidement le chemin de son atelier, et Eschley ne rentra en grâce qu'avec « Un peu d'ombre pour les rêves de nos laitières. »

Par un bel après-midi de fin d'automne, il mettait la dernière main à une étude de pré quand sa voisine, Adela Pingsford, vint frapper à coups redoublés à la porte de son atelier.

« Il y a un bœuf dans mon jardin, annonça-t-elle, pour expliquer son intrusion intempestive.

— Un bœuf », répéta Eschley. Et il ajouta de façon un peu ridicule : « Quel genre de bœuf ?

— Oh, je ne sais pas quel genre, riposta la dame. Un bœuf commun. Comprenez-moi, je n'ai rien contre lui personnellement, mais on vient de préparer mon jardin pour l'hiver, et qu'un bœuf choisisse de s'y promener ne va pas l'arranger. Sans parler des chrysanthèmes qui viennent tout juste de fleurir.

— Comment est-il entré dans votre jardin ? demanda Eschley.

— J'imagine qu'il est entré par la porte, dit

la dame avec impatience. Il n'a pas pu escalader le mur, et je ne pense pas qu'on l'ait parachuté par avion pour faire de la publicité à Viandox. Ce qui me préoccupe dans l'immédiat, ce n'est pas comment il est entré, mais comment il va sortir.

— Il ne veut pas ? dit Eschley.

— S'il ne demandait qu'à sortir, reprit Adela Pingsford, furieuse, je ne serais pas venue en discuter avec vous. Je suis toute seule ; c'est le jour de congé de la femme de chambre et la cuisinière est couchée avec une névralgie. Je suis incapable de me rappeler le peu de ce que j'ai pu apprendre à l'école ou dans la vie sur la façon de faire sortir un grand bœuf d'un petit jardin. J'ai seulement pensé que vous étiez un proche voisin et un peintre animalier spécialisé dans le bétail, que vous aviez sans doute une certaine connaissance de vos modèles, et que vous pourriez peut-être m'aider. Il se peut que je me sois trompée.

— Je peins des vaches laitières, c'est entendu, reconnut Eschley. Mais je ne puis pour autant prétendre à une expérience de berger. J'ai déjà vu au cinéma ramener dans le droit chemin des bœufs égarés, mais il y avait toujours des chevaux et un tas d'autres accessoires ; d'ailleurs, on ne sait jamais dans quelle mesure ces scènes ne sont pas truquées. »

Adela Pingsford, sans rien dire, l'entraîna vers son jardin. C'était un jardin de dimensions normales, mais il semblait petit auprès du bœuf, une énorme bête tachetée, d'un roux sombre à la tête et aux épaules, d'un blanc sale sur les flancs et l'arrière-train, avec des oreilles dépenaillées et de grands yeux injectés de sang. Il ressemblait à peu près autant aux charmantes petites vaches laitières, que Eschley avait coutume de peindre, que le chef d'une tribu kurde à une geisha japonaise. Eschley resta très près de la porte tout en étudiant l'animal. Adela Pingsford ne disait toujours rien.

« Il est en train de manger un chrysanthème, dit enfin Eschley, le silence devenant intolérable.

— Comme vous êtes observateur, dit Adela d'un ton amer. Rien ne vous échappe. Pour être précis, il a six pieds de chrysanthèmes dans la gueule pour le moment. »

La nécessité d'agir devenait impérieuse. Eschley fit quelques pas en direction de l'animal, claqua dans ses mains et émit quelques sons du genre « hiiiii » et « hoooo ». Si le bœuf les entendit, il n'en montra rien.

« Si jamais des poules s'aventuraient dans mon jardin, dit Adela, je viendrais certainement vous chercher pour leur faire peur. Vos « Hoooo » sont magnifiques. Mais, pour l'instant, cela vous ennuierait-il d'essayer de chasser ce bœuf ? Voilà qu'il s'attaque maintenant à un pied de *Mademoiselle Louise Bichot*, ajouta-t-elle avec un calme glacial, tandis qu'une fleur d'un orange flamboyant disparaissait dans la vaste gueule du bovidé.

— Puisque vous êtes si franche quant à la variété des chrysanthèmes, dit Eschley, permettez-moi de vous dire que vous avez devant vous un bœuf de l'Ayrshire. »

Le calme d'Adela Pingsford ne résista pas à cette remarque ; elle se mit à employer un langage qui fit instinctivement faire à l'artiste quelques pas encore dans la direction du bœuf. Il s'empara d'une perche à petits pois et se mit à en frapper résolument les flancs de l'animal. Celui-ci interrompit un long moment le travail de mastication auquel il se livrait sur *Mademoiselle Louise Bichot,* puis considéra d'un air interrogateur son tortionnaire. Adela en faisait autant, avec une hostilité plus marquée. Comme la bête ne baissait pas la tête et ne frappait pas non plus du pied, Eschley se risqua à un autre exercice avec une seconde perche. Le bœuf parut comprendre aussitôt qu'il était indésirable ; il donna un dernier coup de dent sur le massif de chrysanthèmes et remonta rapidement le jardin. Eschley se précipita pour le diriger vers la grille, mais ne réussit qu'à faire passer la bête du pas au petit trot. D'un air interrogateur, mais sans marquer de véritable hésitation, le bœuf traversa la minuscule bande de pelouse que les esprits bien intentionnés appelaient terrain de croquet, et franchit la porte-fenêtre qui donnait dans le petit salon. Des chrysanthèmes et autres plantes automnales étaient disposées dans des vases, et l'animal reprit ses occupations interrompues ; Eschley crut cependant remarquer qu'une lueur un peu nerveuse brillait dans ses yeux, une lueur qui engageait au respect. Il renonça donc à guider le bœuf dans le choix de son lieu de villégiature.

« Mr Eschley, s'écria Adela d'une voix tremblante, je vous ai demandé de chasser cette bête de mon jardin, mais je ne vous ai pas demandé de la pousser dans ma maison. Si elle doit rester par ici, je préfère la voir dans le jardin plutôt que dans le petit salon.

— Mon expérience de bouvier est limitée, dit Eschley ; si mes souvenirs sont exacts, je vous l'ai dit tout à l'heure.

— Je suis tout à fait de votre avis, rétorqua la dame. Peindre de charmants tableaux représentant de petites vaches pimpantes est tout ce à quoi vous êtes bon. Peut être aimeriez vous faire un croquis de ce bœuf en train de prendre ses aises dans mon petit salon ? »

Cette fois, il n'y avait pas à se méprendre sur le ton d'Adela Pingsford : elle était très mécontente. Eschley fit mine de s'éloigner.

« Où allez-vous ? cria Adela.

— Chercher du matériel, répondit-il.

— Du matériel ? je ne veux pas que vous vous serviez d'un lasso. S'il y a lutte, tout va être saccagé dans la pièce. »

Mais l'artiste sortit du jardin. Il revint deux minutes plus tard, portant un chevalet, un tabouret de peintre et une palette et des pinceaux.

« Vous voulez dire que vous allez vous installer tranquillement pour peindre cette affreuse bête pendant qu'elle met à sac mon petit salon ? fit Adela, qui avait du mal à trouver ses mots.

— C'est vous qui me l'avez conseillé, dit Eschley, en installant sa toile.

— Je vous l'interdis ! Je vous l'interdis formellement ! tonna Adela.

— Je ne vois vraiment pas ce qui vous y autorise, dit l'artiste. Vous ne pouvez tout de même pas prétendre que ce bœuf vous appartient, fût-ce par adoption.

— Vous avez l'air d'oublier qu'il est dans mon petit salon, en train de manger mes fleurs, répliqua-t-elle, furieuse.

— Vous avez l'air d'oublier que votre cuisinière souffre de névralgie, dit Eschley. Peut-être est-elle plongée dans un sommeil réparateur dont vos cris vont la tirer. Un peu de considération pour les autres devrait être le principe directeur de gens de notre classe.

— Cet individu est fou ! » s'écria Adela d'un ton tragique.

Quelques instants plus tard, ce fut Adela qui présenta à son tour tous les symptômes de la démence. Le bœuf avait fini le vase de fleurs et la couverture d'*Israel Kalisch* et semblait disposé à quitter ce cadre un peu exigu. Eschley s'aperçut de sa nervosité et s'empressa de lui lancer quelques rameaux de lierre pour l'inciter à poursuivre la pose.

« Il y a un proverbe chinois que j'ai oublié, observa-t-il. Un proverbe qui dit à peu près : mieux vaut un repas d'herbe qu'un bœuf entier, quand le cœur n'y est pas. Je comprends mieux aujourd'hui la justesse de ce dicton.

— Je vais aller jusqu'à la bibliothèque pour leur demander de téléphoner à la police », annonça Adela, en partant avec fracas.

Quelques minutes plus tard, le bœuf songeant sans doute qu'un bon tourteau l'attendait à l'étable, sortit avec beaucoup de précautions du petit salon, s'assura longuement qu'aucune perche ne le menaçait, puis sortit d'un pas lourd mais vif du jardin. Eschley rangea son matériel et suivit l'exemple de l'animal, abandonnant la maison à la cuisinière et à sa névralgie.

Cet incident marqua un tournant décisif dans la carrière artistique d'Eschley. Sa remarquable toile « Bœuf dans un petit salon » fut une des sensations du salon de Paris et, quand elle fut ensuite exposée à Munich, elle fut achetée par le gouvernement bavarois, malgré les enchères acharnées de trois fabriques de jus de viande.

Dès cet instant, son succès ne cessa de s'affirmer, et l'Académie Royale fut heureuse, deux ans plus tard, d'accrocher à ses cimaises, à la place d'honneur, sa grande toile « Singe de Barbarie en train de saccager un boudoir ».

Eschley fit cadeau à Adela Pingsford d'un nouvel exemplaire d'*Israel Kalisch* et de deux superbes pieds de *Madame Andrée Blusset,* mais on ne put jamais parler vraiment entre eux d'une véritable réconciliation.

LA MEILLEURE DÉFENSE, C'EST L'ATTAQUE

Treddleford était assis dans un confortable fauteuil devant un feu de bois, un livre de poésie à la main, et avec la confortable impression que derrière les fenêtres du club la pluie ruisselait et tombait obstinément. Un après-midi d'octobre froid et humide cédait la place à une soirée d'octobre humide et sombre, et le fumoir du club n'en semblait par contraste que plus chaud et que plus douillet. C'était un après-midi à se laisser entraîner loin de son climat familier, et *Le Merveilleux Voyage à Samarcande* promettait bien d'entraîner bravement Treddleford vers d'autres pays et sous d'autres cieux. Il avait déjà quitté Londres la pluvieuse pour Bagdad la magnifique et il était devant la Porte du Soleil, « au temps d'autres fois » quand le souffle glacé d'un désagrément imminent parut se glisser entre le livre et lui-même. Amblecobe, l'homme aux yeux saillants et inquiets, à la bouche toujours prête à engager la conversation, venait de s'installer dans un fauteuil voisin. Durant douze mois et quelques semaines, Treddleford avait habilement évité de faire la connaissance de son volubile camarade de club ; il avait miraculeusement échappé à l'épreuve que constituait l'impitoyable récit de ses exploits, ou prétendus exploits, sur les terrains de golf, les champs de courses, aux tables de jeu, par monts et par vaux. Sa période d'immunité touchait maintenant à son terme. Plus moyen d'échapper : dans un instant, il compterait au nombre de ceux qui parlaient à Amblecobe — ou plutôt qui se laissaient noyer par son flux de paroles.

L'intrus était armé d'un exemplaire de *Country Life,* non pas pour le lire, mais comme moyen d'engager la conversation.

« Il y a un bon portrait de Shrostlewing, observa-t-il soudain, en tournant ses gros yeux vers Treddleford. Cela me rappelle Yellowstep, qui devait faire si brillante figure dans le Grand Prix de 1930. Une bien curieuse course ; je crois bien que j'ai vu tous les grands prix depuis...

— Soyez assez aimable pour ne jamais parler du Grand Prix en ma présence, dit Treddleford, désespéré. Cela éveille chez moi de tristes souvenirs. Je ne peux pas vous expliquer pourquoi sans me lancer dans une histoire longue et compliquée.

— Oh, certainement, certainement », s'empressa de dire Amblecobe. Les histoires longues et compliquées, quand il ne les racontait pas lui-même, lui semblaient insoutenables. Il feuilleta les pages de *Country Life* et parut vivement s'intéresser à la photographie d'un faisan mongol.

« Bonne photo de la variété mongole, s'exclama-t-il, en brandissant la revue sous le nez de son voisin. Ils sont malins dans les couverts.

Et pas commodes à viser non plus. Je crois que le plus beau tableau de chasse que j'aie jamais fait en deux jours de tir au faisan...

— Ma Tante, qui possède la plus grande partie du Lincolmshire, déclara Treddleford avec une brusquerie spectaculaire, détient sans doute le plus remarquable record en matière de chasse au faisan. Elle a soixante-quinze ans et elle ne touche jamais rien, mais elle accompagne toujours les chasseurs. Quand je dis qu'elle ne touche jamais rien, je ne veux pas dire qu'elle ne mette pas de temps en temps en danger l'existence de ses compagnons de chasse, car ce serait inexact. En fait, leur chef de parti ne permet pas aux parlementaires faisant partie du gouvernement de chasser avec elle. « Nous ne voulons pas risquer inutilement des élections partielles, a-t-il un jour observé fort raisonnablement. Bref, l'autre jour elle a blessé un faisan qui s'est abattu avec une ou deux plumes arrachées ; il ne pouvait plus voler, mais il s'est mis à courir, et ma Tante a vu le moment où elle allait être frustrée de la seule pièce de gibier qu'elle avait abattue depuis le début du règne. Son sang ne fit qu'un tour, elle suivit le faisan à travers buissons et fourrés, et quand il déboucha en terrain découvert et se lança à travers un champ labouré, elle sauta sur son poney et lui donna la chasse. Ce fut une longue poursuite, et quand ma Tante finit par rattraper la bête, elle était plus près de la maison que des chasseurs, qu'elle avait laissés à quelque huit kilomètres derrière elle.

— C'est une bien longue poursuite pour un faisan blessé, observa Amblecobe.

— L'histoire n'a pour garant que la parole de

ma Tante, dit Treddleford, glacial, et elle est vice-présidente de la section locale de l'X.W.C.A. Elle fit au trot quatre ou cinq kilomètres pour rentrer chez elle, et ce ne fut que vers le milieu de l'après-midi que l'on s'aperçut que le déjeuner des chasseurs se trouvait dans un panier fixé à la selle de son poney. Quoi qu'il en fût, elle eut son faisan.

— Il y a bien sûr certains gibiers qui sont durs à tuer, dit Amblecobe ; et certains poissons aussi. Je me souviens qu'un jour je pêchais dans l'Exe, un charmant ruisseau à truites, très poissonneux, mais pas de grosses pièces pourtant...

— Ça dépend, déclara Treddleford d'un ton sans réplique. Mon oncle, l'évêque de Southmolton, est tombé un jour sur une truite géante dans un étang, non loin du bras principal de l'Exe, près du Ugworthy ; il a essayé de la pêcher tous les jours pendant trois semaines avec toutes sortes de mouches et de vers, sans le moindre succès, et puis le sort est intervenu en sa faveur. Il y avait un petit pont de pierre qui enjambait cet étang, et le dernier jour où mon oncle était à la pêche, une camionnette heurta violemment le parapet et se retourna ; personne ne fut blessé, mais une partie du parapet fut arrachée et tout le chargement de la camionnette tomba dans l'étang. Au bout de deux minutes, la truite géante se trémoussait sur un lit de boue au fond de l'étang asséché, et mon oncle n'eut qu'à descendre la ramasser. La camionnette était chargée de papier-buvard, et toute l'eau de l'étang avait été bue ainsi. »

Il y eut un silence de près d'une demi-minute dans le fumoir, et Treddleford commençait à laisser son esprit vagabonder de nouveau sur la route dorée qui menait à Samarcande. Amblecobe, cependant, se reprit et observa d'une voix quand même un peu lasse et teintée de découragement :

« A propos d'accident de voiture, je l'ai échappé belle l'autre jour, alors que je voyageais avec ce vieux Tonny Iarby, dans les Galles du Nord. Un très brave type, ce vieux Iarby, excellent chasseur et...

— C'est dans les Galles du Nord, dit aussitôt Treddleford, que ma sœur a eu l'an dernier son extraordinaire accident de voiture à cheval. Elle se rendait à une garden-party chez Lady Nineveh, la seule garden-party qui ait lieu dans cette région au cours de l'année, et donc un événement qu'elle aurait été navrée de manquer. Elle conduisait un jeune cheval qu'elle n'avait acheté que depuis une quinzaine de jours, et qu'on lui avait dit rester parfaitement calme au milieu des automobiles, des bicyclettes et autres engins que l'on peut rencontrer sur la route. Le cheval se montra à la hauteur de sa réputation, et croisa les motocyclettes les plus pétaradantes avec une indifférence qui confinait à l'apathie. Mais sans doute y a-t-il pour tous un moment où l'on tire un trait, et pour ce cheval, ce fut lorsqu'il rencontra les bêtes d'un cirque ambulant. Bien entendu, ma sœur ne pouvait pas le deviner, mais elle le comprit tout de suite quand, au détour d'un virage, elle se trouva au milieu d'une foule de chameaux, de chevaux pie et de camions jaune serin. La petite charrette se retourna dans le fossé, complètement démantibulée, et le cheval rentra à travers champs. Ni ma sœur ni le cocher n'étaient blessés, mais le problème de se rendre à la garden-party des

Nineveh, à quelque cinq kilomètres de là, semblait assez difficile à résoudre ; une fois là-bas, bien sûr, ma sœur trouverait facilement quelqu'un pour la raccompagner chez elle. » « Je suppose que si je vous prêtais une paire de mes chameaux, ça ne vous arrangerait pas ? proposa le directeur du cirque compatissant. — Mais si », dit ma sœur, qui avait fait du chameau en Egypte, et elle eut tôt fait de faire taire les protestations du cocher qui lui n'en avait jamais fait. Elle choisit deux des bêtes les plus présentables, les fit brosser et pomponner aussi vite qu'on le pouvait, et s'en alla vers la propriété des Nineveh. Vous imaginez la sensation que créa la petite caravane lorsqu'elle arriva devant la porte. Tous les invités s'attroupèrent, bouche bée. Ma sœur était assez contente de descendre de son chameau, et le cocher rendit grâce au ciel de dégringoler du haut du sien. Puis le jeune Billy Doulton, des Dragons de la Garde, qui a longtemps séjourné à Aden et qui croit savoir parler aux chameaux, voulut se rendre intéressant en ordonnant aux bêtes de s'agenouiller comme il faut. Malheureusement, le vocabulaire des chameliers n'est pas le même dans toutes les parties du monde ; ces chameaux-là étaient de superbes bêtes du Turkestan, habituées à escalader les hauts défilés montagneux, et quand Doulton les interpella, ils se mirent à gravir tous les deux les marches du perron, puis ils entrèrent dans le hall et escaladèrent le grand escalier. La gouvernante allemande les rencontra au coin du corridor. Les Nineveh la soignèrent avec dévouement pendant des semaines, et la dernière fois que j'eus de ses nouvelles, elle était suffisamment rétablie pour reprendre son service, mais le docteur affirme qu'elle aura toujours un cœur de Hagenbeck. »

Amblecobe se leva de son fauteuil et se dirigea vers une autre partie de la pièce. Treddleford rouvrit son livre et reprit sa lecture :

La mer lumineuse et sombre, aux reflets de dra-
[gon...

Pendant une demi-heure bénie, il se transporta en imagination devant la Porte d'Alep, et écouta le chanteur à la voix flûtée. Puis le monde réel le rappela à lui : un chasseur vint le prévenir qu'un ami le demandait au téléphone.

Au moment où Treddleford allait sortir du fumoir, il rencontra Amblecobe, qui sortait également, pour se rendre dans le salon de billard où, peut-être, quelque malheureux allait se faire mettre le grappin dessus et devoir entendre le récit des divers Grands Prix auxquels il avait assisté. Amblecobe fit mine de passer devant, mais un orgueil neuf gonflait le cœur de Treddleford, il le repoussa.

« Je crois que j'ai le pas sur vous, observa-t-il froidement ; vous n'êtes que le raseur du club, moi j'en suis le hâbleur. »

L'ÉLAN

Teresa, Mrs Tropplestance, était la femme la plus riche et la plus désagréable du comté de Woldshire. Dans ses rapports avec le monde en général, son attitude tenait à la fois de la première dame d'honneur et du capitaine louvetier, avec le vocabulaire de l'un et de l'autre. Avec les siens, elle adoptait le style arbitraire qu'on attribue, probablement sans la moindre justification, à un chef politique américain envers les membres de sa clique. Feu Theodor Thropplestance l'avait laissée, quelque trente-cinq ans auparavant, maîtresse absolue d'une fortune considérable, d'importants domaines et d'une galerie pleine de tableaux de maîtres. Durant ce laps de temps, elle avait survécu à son fils et s'était querellée avec son petit-fils aîné, qui s'était marié sans son consentement. Bertie Thropplestance, son plus jeune petit-fils, était son héritier présomptif, ce qui lui valait de concentrer sur lui l'intérêt d'une cinquantaine de mères ambitieuses nanties de filles à marier. Bertie était un charmant jeune homme, parfaitement disposé à épouser quiconque attirait favorablement son intention, mais il n'avait pas l'intention de perdre son temps en tombant amoureux d'une jeune fille qui se heurterait au veto de sa grand-mère. Sa fiancée devrait lui être signalée par Mrs Thropplestance elle-même.

Il y avait toujours, aux week-ends de Teresa, tout un assortiment de jeunes femmes présentables, et de mères empressées, mais la vieille dame se montrait résolument décourageante chaque fois qu'une des jeunes filles invitées semblait prête à l'emporter sur les autres en tant que future épouse de son petit-fils.

C'était son héritage qui était en jeu, et elle était de toute évidence disposée à exercer au maximum son droit de sélection et de veto. Les préférences de Bertie n'avaient pas grande importance ; il était de ces hommes qui peuvent connaître un bonheur sans histoire avec n'importe quelle épouse ; il avait gaiement supporté sa grand-mère toute sa vie, il n'allait donc pas se montrer difficile sur le choix d'une assistante.

Le groupe d'invités réuni sous le toit de Teresa lors de la semaine de Noël de l'an 1900 et quelque, était moins nombreux que d'habitude et Mrs Yonelet, qui faisait partie des invités, avait tendance à considérer que c'était de bon augure. Dora Yonelet et Bertie étaient si manifestement faits l'un pour l'autre, confiat-elle à la femme du pasteur, et si la vieille dame s'habituait à les voir souvent ensemble, peut-être finirait-elle par comprendre qu'ils feraient un couple fort bien assorti.

« Les gens ne tardent pas à se faire à une idée si on la leur met constamment sous les yeux, disait Mrs Yonelet pleine d'espoir, et plus Teresa voit ces jeunes gens ensemble, heureux dans la compagnie l'un de l'autre, plus elle en viendra à considérer que Dora peut constituer pour Bertie un parti souhaitable.

— Ma chère, dit la femme du pasteur d'un ton résigné, ma petite Sybil a fait la connaissance de Bertie dans les circonstances les plus romanesques — je vous raconterai cela un jour — mais cela n'a pas fait la moindre impression sur Teresa ; elle a opposé son veto le plus catégorique, et Sybil a épousé un fonctionnaire qui a un poste aux Indes.

— Elle a eu bien raison, répondit Mrs Yonelet ; c'est ce que n'importe quelle fille ayant du ressort aurait fait. Seulement, c'était, je crois, il y a un an ou deux ; Bertie est plus âgé maintenant, et Teresa aussi. Elle doit naturellement avoir hâte de le voir se ranger. »

La femme du pasteur pensait que Teresa semblait être la seule à ne pas être pressée de donner une femme à Bertie, mais elle garda ses réflexions pour elle.

Mrs Yonelet était une femme pleine d'énergie et qui avait l'étoffe d'un grand capitaine ; elle entraîna donc les autres invités, le poids mort, si j'ose m'exprimer ainsi, dans toutes sortes d'exercices et d'occupations qui les éloignaient de Bertie et de Dora, ainsi laissés à leurs projets, c'est-à-dire aux projets de Dora et à l'approbation bon enfant de Bertie. Dora aida à mettre en place la décoration de Noël de l'église, et Bertie l'aida dans cette tâche. Ils allèrent ensemble donner à manger aux cygnes jusqu'au moment où les pauvres bêtes durent faire la grève de la faim, ils jouèrent ensemble au billard, ils photographièrent ensemble l'asile de vieillards du village et, à distance respectueuse, l'élan apprivoisé qui vivait dans une solitude hautaine dans le fond du parc. Il était « apprivoisé » en ce sens que, depuis longtemps, il n'éprouvait plus aucune crainte devant la race humaine ; mais rien dans son attitude n'encourageait ses voisins humains à user de réciprocité.

Toutes les occupations auxquelles Bertie et Dora se livraient ensemble faisaient invariablement l'objet d'une chronique tenue par Mrs Yonelet dans le but d'éclairer la grand-mère de Bertie.

« Ces deux inséparables viennent de rentrer d'une promenade à bicyclette, annonçait-elle ; quel charmant tableau ils font vraiment. »

Un tableau dont Teresa se jurait bien qu'il ne prendrait pas place parmi la galerie des ancêtres.

Le lendemain de Noël, Mrs Yonelet se précipita dans le salon, où son hôtesse était assise au milieu d'un cercle d'invités, de tasses à thé et d'assiettes de gâteaux. Le destin venait de placer ce qui semblait un atout maître entre les mains de cette mère à l'esprit de stratège. Les yeux brillants de triomphe, et d'une voix vibrante de points d'exclamation, elle annonça :

« Bertie vient de sauver Dora de l'élan ! »

En phrases rapides et brèves, brisée par une émotion toute maternelle, elle raconta en détail comment le perfide animal avait attaqué Dora alors qu'elle recherchait une balle de golf perdue, et comment Bertie s'était précipité à son secours avec une fourche et avait réussi juste à temps à chasser la bête.

« Il s'en est fallu de peu ! Elle lui a lancé son club de golf à la tête, mais cela ne l'a pas arrêté.

Un instant plus tard, et il la piétinait, reprit Mrs Yonelet, haletante.

— Cet animal est dangereux, dit Teresa, en lui tendant une tasse de thé. Prenez du sucre. J'imagine que la vie solitaire qu'il mène lui a aigri le caractère. Il y a des toasts sur la cheminée. Ce n'est pas ma faute ; voilà longtemps que j'essaie de lui trouver une femelle. Vous ne connaîtriez personne ayant un élan femelle à vendre ou à échanger, par hasard ? » demanda-t-elle à la ronde.

Mais Mrs Yonelet n'était pas d'humeur à se laisser entraîner dans une conversation sur les projets conjugaux des élans. Ce qui la préoccupait au premier chef, c'était l'union de deux êtres humains, et la possibilité qui s'offrait à elle de voir avancer son projet favori était trop précieuse pour qu'elle la négligeât.

« Teresa, s'exclama-t-elle d'un ton dramatique, maintenant que ces deux jeunes êtres se sont trouvés réunis dans des circonstances aussi exceptionnelles, rien ne peut plus être tout à fait la même chose entre eux. Bertie a fait plus que sauver la vie de Dora ; il a mérité son affection. On ne peut se défendre du sentiment que le Destin les a consacrés l'un à l'autre.

— C'est exactement ce que m'a dit la femme du pasteur quand Bertie a sauvé Sybil d'une attaque de l'élan il y a un an ou deux, observa Teresa sans se démonter. Je lui ai fait remarquer qu'il avait sauvé Mirabel Hicks du même péril quelques mois auparavant, et que la priorité revenait en fait au fils du boulanger qui avait été sauvé, lui, au mois de janvier de cette année-là. La vie à la campagne ne va pas sans une certaine monotonie, vous savez.

— Il semble être un animal très dangereux, dit un invité.

— C'est ce qu'a dit la mère du jardinier, remarqua Teresa. Elle voulait me le faire abattre, mais je lui ai fait observer qu'elle avait onze enfants et que je n'avais qu'un élan. Je lui ai également fait cadeau d'une jupe de soie noire, et nous nous sommes quittées dans les meilleurs termes. Je ne peux pas vous offrir une jupe de soie, Emily, mais vous pouvez reprendre une tasse de thé. Comme je vous l'ai déjà dit, il y a des toasts sur la cheminée. »

Là-dessus, Teresa mit un terme à la discussion, après avoir habilement réussi à donner l'impression qu'à son avis la mère du jardinier s'était montrée beaucoup plus raisonnable que les parents des autres victimes de l'élan.

« Teresa n'a aucun cœur, dit par la suite Mrs Yonelet à la femme du pasteur. Etre assise là à parler de toasts, alors qu'on vient à peine d'éviter une affreuse tragédie...

— Bien sûr, vous savez qui elle a l'intention de faire épouser à Bertie ? demanda la femme du pasteur. Voici quelque temps que je m'en suis aperçue. La gouvernante allemande des Bickelby.

— Une gouvernante allemande ? Quelle idée ! s'écria Mrs Yonelet.

— Je crois qu'elle est d'excellente famille, reprit la femme du pasteur, et pas du tout le genre de personne effacée que sont généralement les gouvernantes. En fait, après Teresa, c'est sans doute la personnalité la plus affirmée et la plus agressive des environs. Elle a fait observer à mon mari toutes sortes d'erreurs qu'il avait commises dans ses sermons, et elle a donné en public des conseils à Sir Laurence sur la façon dont il devrait mener les chiens. Vous savez combien Sir Laurence est susceptible sur ce chapitre, et cela a failli lui donner une attaque que de voir une gouvernante lui donner des leçons. Elle se conduit ainsi avec tout le monde, sauf évidemment avec Teresa, et les gens, de leur côté, adoptent envers elle une attitude de grossièreté défensive. Les Bickelby ont tout simplement trop peur d'elle pour la congédier. N'est-ce pas exactement le genre de femme que Teresa se complairait à désigner pour lui succéder ? Imaginez la gêne et l'embarras qui régneraient dans le comté si elle devenait la future maîtresse du château. Le seul regret de Teresa sera de ne pas être vivante pour le voir.

— Mais, objecta Mrs Yonelet, Bertie n'a pas donné le moindre signe qu'il portait de ce côté-là ses affections ?

— Oh, elle n'est pas mal, elle s'habille bien, c'est une bonne joueuse de tennis. Elle vient souvent apporter des messages de chez les Bickelby, et un de ces jours, Bertie la sauvera de l'attaque de l'élan, ce qui est pratiquement devenu chez lui une habitude, et Teresa déclarera que le destin les a jetés dans les bras l'un de l'autre. Bertie ne serait peut-être pas disposé à accorder beaucoup d'attention au signe du destin, mais l'idée ne lui viendrait pas de s'opposer à sa grand-mère. »

La femme du pasteur parlait avec la paisible autorité de quelqu'un qui possède une connaissance intuitive, et au tréfonds de son cœur, Mrs Yonelet la croyait.

Six mois plus tard, il fallut abattre l'élan. Dans une crise de mauvaise humeur particulièrement aiguë, il avait tué la gouvernante allemande des Bickelby. Ce fut une ironie du sort s'il connut la popularité dans les derniers moments de sa carrière ; en tout cas, il établit le record d'être la seule créature vivante qui eût à jamais fait échec au plan de Teresa Tropplestance.

Dora Yonelet rompit ses fiançailles avec un fonctionnaire et épousa Bertie trois mois après la mort de sa grand-mère : Teresa en effet ne survécut pas longtemps au fiasco de la gouvernante allemande. Chaque année à Noël, la jeune Mrs Tropplestance suspend une grande couronne de houx sur les bois de l'élan qui décorent le hall.

« C'était une affreuse bête, dit-elle un jour à Bertie, mais j'ai toujours l'impression que c'était lui qui nous avait réunis. »

Ce qui, naturellement, était vrai.

LE CABINET DE DÉBARRAS

On devait exceptionnellement conduire les enfants aux dunes de Jagborough. Nicolas ne devait pas être de la fête ; il était en disgrâce. Le matin même, il avait refusé de prendre son pain trempé dans du lait sous le prétexte apparemment fallacieux qu'il y avait une grenouille dedans. Des gens plus âgés, des gens de bon sens, lui avaient dit qu'il ne pouvait absolument pas y avoir de grenouille dans son lait et qu'il ne fallait pas dire de bêtises ; il ne s'en obstina pas moins dans ce qui semblait une parfaite absurdité, et décrivit avec force détails la couleur et les taches de la soi-disant grenouille. Le malheur, c'était qu'il y avait vraiment une grenouille dans le bol de lait de Nicolas ; il l'avait mise là lui-même, aussi se sentait-il le droit d'en savoir quelque chose. Cela lui parut bien sûr un grave péché que de prendre une grenouille dans le jardin pour la mettre dans un bol de lait, mais ce qui frappa le plus Nicolas dans toute cette affaire, ce fut que de grandes personnes, des gens de bon sens, s'étaient révélés être dans l'erreur la plus complète sur des sujets à propos desquels ils s'étaient exprimés avec la plus parfaite assurance.

« Vous avez dit qu'il ne pouvait y avoir de grenouille dans mon lait ; il y en avait pourtant une », répéta-t-il, avec l'obstination d'un tacticien habile qui n'a pas l'intention d'abandonner une position favorable.

Aussi son cousin, sa cousine et son jeune frère devaient-ils aller cet après-midi jusqu'aux dunes de Jagborough et lui devait-il rester à la maison. La tante de ses cousins, qui insistait on ne sait pourquoi pour être sa tante à lui aussi, s'était empressée d'inventer l'expédition à Jagborough, afin de faire sentir à Nicolas les délices dont il s'était justement trouvé privé à la suite de son odieuse conduite au petit déjeuner. Elle avait pour habitude, chaque fois qu'un des enfants commettait une faute, d'improviser quelques festivités dont le délinquant serait rigoureusement privé ; si tous les enfants péchaient collectivement, on leur annonçait soudain l'arrivée d'un cirque dans une ville voisine, d'un cirque sans pareil, comprenant d'innombrables éléphants, et où, sans leur triste conduite, on les aurait emmenés le jour même.

On attendait quelques larmes décentes de la part de Nicolas quand vint le moment du départ de l'expédition. En fait de larmes, l'on dut se contenter de celles de sa cousine, qui s'érafla assez douloureusement le genou contre la marche de la voiture à cheval en grimpant dedans.

« Ce qu'elle a pu crier, dit gaiement Nicolas, tandis que le petit groupe s'en allait sans manifester la joie que l'on aurait dû attendre.

— Elle s'en remettra vite, dit la soi-disant

tante ; cela va être un bel après-midi pour courir parmi toutes ces superbes dunes. Comme ils vont s'amuser.

— Bobby ne s'amusera pas beaucoup, et je ne crois pas non plus qu'il court tellement, dit Nicolas avec un ricanement sardonique. Ses chaussures lui font mal. Elles sont trop petites.

— Pourquoi ne m'a-t-il pas dit qu'elles lui faisaient mal ? demanda la tante d'un ton un peu acide.

— Il vous l'a dit deux fois, mais vous n'écoutiez pas. Vous n'écoutez pas souvent quand on vous dit des choses importantes.

— Tu ne vas pas aller du côté des groseilliers, dit la tante, en changeant de sujet.

— Pourquoi donc ? interrogea Nicolas.

— Parce que tu es puni », dit la tante d'un ton hautain.

Nicolas ne jugea pas ce raisonnement sans défaut ; il se sentait parfaitement capable d'être tout à la fois puni et du côté des groseilliers. Une expression résolue se peignit sur son visage. Sa tante comprit qu'il était décidé à aller du côté des groseilliers, « ne serait-ce, se dit-elle, que parce que je le lui ai défendu ».

Le verger où se trouvaient les groseilliers avait deux portes par lesquelles on pouvait entrer, et dès l'instant où quelqu'un d'aussi petit que Nicolas avait réussi à s'y glisser, il pouvait facilement disparaître aux regards parmi les buissons de cassis, les plants d'artichauts et les massifs de mûres. La tante avait bien d'autres choses à faire cet après-midi-là, mais elle passa une heure ou deux à de menus travaux de jardinage parmi les buissons et les massifs de fleurs, d'où elle pouvait surveiller les deux portes qui donnaient accès au paradis interdit. C'était une femme aux idées rares, mais douée d'une immense puissance de concentration.

Nicolas fit une ou deux sorties dans le jardin, essayant de se diriger d'un air nonchalant vers l'une ou l'autre des portes du verger, mais il ne réussit jamais un instant à échapper à l'œil vigilant de sa tante. En fait, il n'avait pas la moindre intention d'essayer d'entrer dans le verger, mais il trouvait fort commode que sa tante lui prêtât cette idée ; cela la maintiendrait ainsi à son poste d'observation pour la plus grande partie de l'après-midi. Ayant pris grand soin de confirmer les soupçons de sa tante, Nicolas regagna furtivement la maison et entreprit sans tarder de mettre à exécution un plan d'action qu'il avait mûri depuis longtemps. En grimpant sur une chaise de la bibliothèque, on pouvait atteindre une étagère sur laquelle était posée une grosse clef à l'air imposant. La clef était aussi importante qu'elle en avait l'air : c'était elle qui préservait les mystères du cabinet de débarras de toute intrusion non autorisée, et qui n'en ouvrait la porte qu'aux tantes et autres privilégiés. Nicolas n'était guère habile dans l'art d'introduire des clefs dans les serrures, mais depuis quelques jours il s'entraînait avec la clef de la porte de la classe ; il ne voulait pas se fier trop à la chance ni au hasard. La clef tourna péniblement dans la serrure, mais elle tourna. La porte s'ouvrit et Nicolas se trouva en territoire inconnu, auprès duquel le verger n'était que pâles délices, que simple plaisir matériel.

Maintes et maintes fois, Nicolas s'était imaginé quel aspect pouvait bien avoir le cabinet de débarras, ce domaine si soigneusement dissimulé aux jeunes regards et à propos duquel on n'admettait aucune question. Il ne fut pas déçu. D'abord, c'était une grande pièce un peu sombre, qui n'était éclairée que par une haute fenêtre donnant sur le jardin interdit. En second lieu, c'était un entrepôt où se trouvaient mille trésors. Sa soi-disant tante était de ces gens qui croient que les objets s'abîment à l'usage et qui les vouent à la poussière et à la moisissure sous prétexte de les conserver. Les parties de la maison que connaissait Nicolas étaient plutôt dépouillées et sans gaieté, mais il y avait là des merveilles qui vous régalaient les yeux. D'abord et avant tout, il y avait un fragment de tapisserie encadré qui avait dû être un pare-feu. Pour Nicolas, c'était une histoire passionnante : il s'assit sur un rouleau de tissu indien, brillant de superbes couleurs sous leurs couches de poussière, et se mit à étudier la tapisserie. Un homme en costume de chasse d'une époque lointaine venait de transpercer d'une flèche un cerf ; il n'avait guère dû avoir de mal, car le cerf n'était qu'à un ou deux pas de lui ; au milieu de la végétation touffue représentée sur la tapisserie, ce n'avait pas dû être difficile de se glisser jusqu'à un cerf en train de brouter, et les deux chiens tachetés qui bondissaient pour se joindre à la chasse étaient sans doute dressés à ne pas intervenir avant que leur maître eût tiré. Cette partie de la tapisserie était simple, pour intéressante qu'elle fût, mais le chasseur voyait-il ce que Nicolas voyait, quatre loups galopants qui accouraient dans sa direction à travers le bois ; peut-être étaient-ils plus de quatre, cachés derrière les arbres, et en tout cas l'homme et ses chiens pourraient-ils résister aux quatre fauves s'ils attaquaient ? L'homme n'avait plus que deux flèches dans son carquois, et peut-être en manquerait-il une ou deux ; tout ce qu'on savait de son habileté à l'arc, c'était qu'il pouvait frapper un grand cerf à une distance ridiculement courte. Nicolas resta de longues minutes assis à envisager les possibilités de la scène. Il était enclin à penser qu'il y avait plus de quatre loups et que l'homme et ses chiens étaient dans une fâcheuse situation.

Mais d'autres objets de délices et d'intérêt réclamaient son attention : il y avait d'étranges chandelles en forme de serpent, et une théière faite comme un canard de porcelaine, dont le bec ouvert était censé verser le thé. Combien la théière de la nursery semblait morne et informe en comparaison ! Il y avait aussi un coffre en bois de santal sculpté bourré de coton parfumé, et entre les épaisseurs de coton se trouvaient de petites figurines de cuivre, des taureaux au cou puissant, des faisans et des lutins, ravissants à voir et à manier. D'apparence moins prometteuse était un simple album à la couverture noire ; Nicolas y jeta un coup d'œil, et, surprise, y découvrit des illustrations en couleur représentant des oiseaux. Et quels oiseaux ! Dans le jardin et dans les chemins quand il allait se promener, Nicolas rencontrait quelques oiseaux, dont les plus grands pouvaient être une pie ou une palombe ; mais dans le livre il y avait des hérons et des outardes, des vautours, des toucans, des butors, des ibis, des faisans dorés, toute une galerie de portraits de volatiles imaginables. Et, tandis qu'il admirait la couleur du canard mandarin, la voix de sa tante hurlant son nom lui parvint depuis le verger. Cette longue disparition l'avait rendue méfiante, et elle en était arrivée à la conclusion qu'il avait sauté le mur en se dissimulant derrière le buisson de lilas ; elle était en train de le rechercher avec l'énergie du désespoir au milieu des artichauts et des plants de cassis.

« Nicolas, Nicolas, hurlait-elle, veux-tu sortir tout de suite. Inutile de te cacher là ; je te vois. »

C'était sans doute la première fois depuis vingt ans que quelqu'un souriait dans le cabinet de débarras.

Au bout d'un moment, elle cessa de répéter d'un ton furieux le nom de Nicolas et se mit à appeler. Nicolas referma le livre, le remit soigneusement à sa place dans un coin et secoua par-dessus la poussière d'une pile de journaux. Puis il sortit sans bruit de la pièce, referma la porte et remit la clef à l'endroit exact où il l'avait trouvée. Sa tante l'appelait toujours quand il sortit dans le jardin.

« Qui m'appelle ? demanda-t-il.

— Moi, s'entendit-il répondre de l'autre côté du mur. Tu ne m'as donc pas entendue ? Je t'ai cherché dans le verger, et j'ai glissé dans le réservoir à eau de pluie. Heureusement il n'y a pas d'eau dedans, mais les parois sont glissantes, et je ne peux pas en sortir. Va me chercher la petite échelle sous le cerisier...

— On m'a dit que je ne devais pas aller dans le verger, s'empressa de dire Nicolas.

— Je t'ai dit de ne pas y aller, et maintenant je te dis d'y aller, reprit la voix du fond du réservoir, avec une nuance d'impatience.

— Votre voix ne ressemble pas à celle de Tante, objecta Nicolas. Vous êtes peut-être le

Malin qui essaie de m'induire en péché de désobéissance. Tante me dit souvent que le Malin me tente et que je cède toujours. Cette fois, je n'ai pas l'intention de céder.

— Ne dis pas de bêtises, dit la prisonnière, va chercher l'échelle.

— Est-ce qu'il y aura de la confiture de framboise pour le thé ? demanda Nicolas d'un air innocent.

— Certainement, dit la tante, décidant dans son for intérieur que Nicolas n'en aurait pas.

— Maintenant, je sais que vous êtes le Malin et non pas Tante, s'écria joyeusement Nicolas. Quand nous avons demandé à Tante de la confiture de framboise hier, elle a dit qu'il n'y en avait plus. Je sais qu'il y en a quatre pots dans le buffet, parce que j'ai regardé, et vous savez bien sûr qu'ils y sont, mais elle ne le sait pas, puisqu'elle a dit qu'il n'y en avait plus. Oh, diable, vous vous êtes vendu ! »

C'était un raffinement sans égal que de pouvoir parler à sa tante comme si on s'adressait au Malin, mais Nicolas savait, avec l'intuition des enfants, qu'on ne pouvait pas se permettre exagérément ce genre de luxe. Il s'éloigna donc bruyamment, et ce fut une fille de cuisine, en quête de persil qui finit par faire sortir la tante du réservoir.

Ce soir-là, on prit le thé dans un silence redoutable. La marée était haute quand les enfants étaient arrivés à Jagborough, aussi n'avaient-ils pas pu jouer dans le sable : détail auquel la tante n'avait pas songé dans sa hâte à organiser son expédition punitive. Les chaussures trop serrées de Bobby avaient eu des effets désastreux sur son caractère durant toute la journée, et dans l'ensemble on ne pouvait pas dire que les enfants se fussent bien amusés. La tante observa le mutisme glacial de quelqu'un qui a passé trente-cinq minutes au fond d'un réservoir vide. Quant à Nicolas, lui aussi était silencieux, comme quelqu'un qui a beaucoup à penser ; peut-être, songeait-il, le chasseur s'échapperait-il avec ses chiens, tandis que les loups dévoreraient le cerf blessé.

LOUISE

« Le thé va être froid, tu devrais sonner pour qu'on en apporte d'autre », dit la douairière Lady Beanford.

Susan Lady Beanford était une robuste vieille femme qui avait presque toute sa vie flirté avec des maux imaginaires ; Clovis Sangrail déclarait irrévérencieusement qu'elle avait pris froid au Couronnement de la Reine Victoria, et qu'elle ne s'en était jamais remis. Sa sœur, Jane Thropplestance, qui était de quelques années sa cadette, était surtout connue pour être la femme la plus étourdie du Middlesex.

« J'ai vraiment été très bien cet après-midi, observa-t-elle gaiement en sonnant pour le thé. J'ai téléphoné à tous les gens que je voulais appeler, j'ai fait toutes les courses que je voulais faire. Je me suis même souvenue de tâcher d'assortir cette soie pour toi chez Harrod, mais j'avais oublié d'apporter l'échantillon avec moi, alors cela ne m'a avancée à rien. Je crois vraiment que c'est la seule chose importante que j'aie oubliée de tout l'après-midi. C'est merveilleux pour moi, tu ne trouves pas ?

— Qu'as-tu fait de Louise ? lui demanda sa

sœur. Tu ne l'as donc pas emmenée avec toi ? Tu m'avais dit que tu comptais le faire.

— Seigneur, s'écria Jane, qu'est-ce que j'ai fait de Louise ? J'ai dû la laisser quelque part.

— Mais où ?

— Voilà le hic. Où l'ai-je laissée ? Je ne me rappelle pas si les Carrywood étaient chez eux ou si je me suis contentée de laisser ma carte. S'ils étaient là, j'ai très bien pu laisser Louise là à jouer au bridge. Je vais téléphoner à Lord Carrywood pour m'en assurer. »

« C'est vous, Lord Carrywood ? demanda-t-elle au téléphone quelques instants plus tard. C'est moi, Jane Thropplestance. Je voudrais savoir : avez-vous vu Louise ?

— « Louise », s'entendit-elle répondre. Figurez-vous que je l'ai déjà vue trois fois. Je dois reconnaître que la première fois ça ne m'a pas beaucoup impressionné, mais peu à peu on est pris par la musique. Je ne crois pourtant pas que j'aie envie de la revoir encore une fois. Pourquoi ? vous alliez me proposer une place dans votre loge ?

— Il ne s'agit pas de l'opéra « Louise », mais de ma nièce Louise Thropplestance. Je pensais que je l'avais peut-être laissée chez vous.

— Vous avez laissé une carte de visite cet après-midi, m'a-t-on dit, mais je ne pense pas que vous ayez laissé de nièce. Le valet de chambre nous l'aurait sûrement dit. La mode vient-elle maintenant à laisser des nièces chez les gens en même temps que des cartes de visite ? J'espère que non ; certaines de ces maisons de Berkeley Square ne sont pas du tout conçues pour ça, vous savez.

— Elle n'est pas chez les Carrywood, annonça

Jane, en revenant auprès de sa sœur. Maintenant que j'y pense, je l'ai peut-être laissée au rayon des soieries chez Selfridge. J'ai pu lui dire d'attendre là un moment pendant que j'allais examiner les tissus à une meilleure lumière, et j'ai dû l'oublier en m'apercevant que je n'avais pas emporté ton échantillon. Dans ce cas, elle est toujours là-bas. Elle ne bougerait pas sans qu'on le lui dise ; Louise n'a aucune initiative.

— Tu disais que c'était chez Harrod que tu avais voulu assortir la soie, observa la douairière.

— Ah oui ? Peut-être en effet était-ce Harrod. Je ne me rappelle pas. C'était un de ces endroits où tous les gens sont si gentils et sympathiques qu'on n'a presque pas envie de prendre même une bobine de coton.

— Je trouve que tu aurais pu emmener Louise. Je n'aime pas la savoir là-bas au milieu d'une foule d'étrangers. Imagine qu'un individu sans principe lui adresse la parole.

— Impossible. Louise n'a aucune conversation. Je n'ai jamais trouvé de sujet sur lequel elle ait autre chose à dire que : « Vous croyez ? Oh, oui, vous avez raison. » Ces toasts sont trop minces, ils s'émiettent avant qu'on les ait dans la bouche. On se sent absurde de mordre dans le vide, comme une truite qui cherche à happer une mouche.

— Je suis un peu surprise, dit la douairière, que tu puisses être là à prendre gaiement ton thé alors que tu viens de perdre une de tes nièces favorites.

— Tu parles comme si la mort me l'avait arrachée, alors que je l'ai momentanément égarée. Je suis sûre que je finirai par me souvenir de l'endroit où je l'ai laissée.

— Tu ne t'es rendue dans aucun lieu de dévotion ? Si tu l'as laissée à traîner du côté de l'abbaye de Westminster ou de Saint-Peter, sans qu'elle puisse expliquer sa présence de façon satisfaisante, elle va se faire arrêter pour vagabondage.

— Ce serait extrêmement embarrassant, dit Jane, en croquant tant bien que mal un bout de toast ; nous connaissons à peine le ministre de l'Intérieur, et ce serait déplaisant d'avoir à téléphoner à un secrétaire particulier peu compréhensif, pour lui décrire Louise et lui demander de nous la renvoyer à temps pour dîner. Par bonheur, je ne suis allée dans aucun lieu de dévotion, bien que je me sois un moment trouvée mêlée à une procession de l'Armée du Salut. C'était passionnant de les voir de tout près : ils sont si différents du souvenir que j'en avais gardé des années quatre-vingts. Je me rappelle l'air qu'ils avaient alors : ils se promenaient mal peignés et pas lavés, pleins d'une sorte de rage souriante envers le monde ; et aujourd'hui, ils sont là, vigoureux et épanouis comme un massif de géraniums qui aurait des convictions religieuses. Laura Kettleway m'en parlait l'autre jour dans l'ascenseur du métro, à la station de Dover Street ; elle me disait comme ils faisaient du bien, et quelle perte ce serait s'ils n'existaient pas. « S'ils n'avaient pas existé, lui ai-je dit, Granville Barker aurait certainement inventé quelque chose dans ce genre-là. » Quand on dit des choses comme ça d'une voix assez forte dans le métro, cela sonne toujours comme un mot d'esprit.

— Je crois que tu devrais faire quelque chose pour Louise, dit la douairière.

— J'essaie de me rappeler si elle était avec moi quand je suis allée chez Ada Spelvexit. Je me suis bien amusée là-bas. Ada essayait, comme d'habitude, de me vanter les mérites de cette affreuse madame Koriatoffski, sachant pertinemment que je l'ai en horreur, et elle a eu l'imprudence de me dire : « Vous savez que le mois prochain elle accompagne son mari en Rhodésie. — Mon Dieu, lui ai-je répondu, dans un pays où nous avons déjà tant de difficultés ! Quelle imprudence ! » Ada n'a pas compris tout de suite, et puis elle s'est montrée presque mal élevée. Non, je suis certaine de ne pas avoir laissé Louise chez elle.

— Si tu pouvais réussir à te souvenir où tu l'as laissée au lieu de te rappeler où tu ne l'as pas laissée, dit Lady Beanford. Pour l'instant, tout ce que nous savons, c'est qu'elle n'est ni chez les Carrywood, ni chez Ada Spelvexit, ni à l'abbaye de Westminster.

— Cela restreint quand même le champ des recherches, dit Jane avec entrain. Je crois bien qu'elle était avec moi quand je suis allée chez Mornay. Je sais que je suis allée chez Mornay, car je me souviens avoir rencontré là-bas ce charmant Malcolm je-ne-sais-comment... tu sais qui je veux dire. C'est l'avantage des prénoms bizarres, on n'a pas besoin de se souvenir du nom de famille. Bien sûr, je connais un ou deux autres Malcolm, mais aucun ne pourrait à proprement parler être qualifié de charmant. Il m'a donné deux cartes pour le concert public de Sloane Square dimanche. J'ai dû les laisser chez Mornay, mais c'est quand même extrêmement gentil de sa part de me les avoir données.

— Crois-tu avoir laissé Louise là-bas ?

— Je pourrais téléphoner pour demander. Oh, Robert, avant de desservir, j'aimerais que vous donniez un coup de fil chez Mornay pour demander si je n'ai pas laissé dans leur magasin deux places de concert et une nièce cet après-midi.

— Une nièce, Madame ? demanda le valet.

— Oui, Miss Louise n'est pas revenue avec moi, et je ne sais plus où je l'ai laissée.

— Miss Louise a passé tout l'après-midi ici, Madame, à faire la lecture à la seconde fille de cuisine qui souffre de névralgie. J'ai monté son thé à Miss Louise à cinq heures moins le quart.

— Bien sûr, que je suis bête ! Je me souviens maintenant : je lui ai demandé de lire *la Reine des Fées* à la pauvre Emma, pour la faire dormir. Je me fais toujours lire *la Reine des Fées* quand j'ai des névralgies, et généralement cela m'endort. Louise ne semble pas avoir réussi, mais on ne peut pas dire que ce soit faute d'avoir essayé. Je pense que la fille de cuisine a dû s'endormir au bout d'une heure, mais naturellement Louise ne s'en irait pas si on ne le lui dit pas. En tout cas, Robert, vous pouvez téléphoner chez Mornay et leur demander si je n'ai pas laissé chez eux deux places de concert. A part ta soie, Susan, je crois que c'est tout ce que j'ai oublié dans l'après-midi. C'est merveilleux pour moi. »

LES INVITÉS

« Le paysage que l'on voit de nos fenêtres est vraiment charmant, dit Annabel ; ces cerisiers, ces prés tout verts, la rivière qui sinue au fond de la vallée et le clocher de l'église qui pointe parmi les ormes, tout cela fait un tableau ravissant. Mais il y a dans cette vue quelque chose de langoureux et d'un peu endormi ; la stagnation semble être la note dominante. Il n'arrive jamais rien : au temps des semailles succède celui des moissons, avec de temps en temps une petite épidémie de rougeole ou une chute de grêle qui cause quelques dégâts, un peu de fièvre électorale tous les cinq ans, c'est tout ce que nous avons pour rompre la monotonie de notre existence. C'est assez terrible, vous ne trouvez pas ?

— Au contraire, dit Matilda, je trouve cela calmant et reposant ; seulement, vous comprenez, j'ai vécu dans des pays où il se passe des choses, où il se passe beaucoup trop de choses à la fois, et qui vous prennent au dépourvu.

— Evidemment, dit Annabel, c'est très différent.

— Je n'ai jamais oublié, reprit Matilda, le jour où l'évêque de Bequar nous a fait une visite à l'improviste, alors qu'il allait poser la première pierre d'une mission ou de je ne sais quel établissement.

— Je croyais que là-bas on était toujours prêt à accueillir des hôtes de passage, dit Annabel.

— J'étais parfaitement prête à accueillir une demi-douzaine d'évêques, dit Matilda, mais j'ai été quelque peu démontée de découvrir au bout de cinq minutes de conversation que cet évêque-là était un lointain cousin, appartenant à une branche de ma famille qu'une violente et âpre querelle avait opposée à mes parents à propos d'un service à dessert en porcelaine de Derby ; ce service leur est échu en héritage alors que nous aurions dû l'avoir, ou bien c'est le contraire, je ne me souviens plus ; en tout cas, ils s'étaient mal conduits. Et voilà maintenant que l'un d'eux surgissait en odeur de sainteté, pour ainsi dire, en revendiquant l'hospitalité traditionnelle de l'Orient.

— C'était assez pénible en effet, mais vous auriez pu laisser à votre mari le soin de distraire votre hôte.

— Mon mari était à quatre-vingts kilomètres de là, en train de faire entendre raison, ou ce qu'il estimait être raison, à un village dont les habitants s'imaginaient qu'un de leurs chefs était un tigre-garou.

— Des tigres quoi ?

— Un tigre-garou ; vous avez bien entendu parler des tigres-garous, non ? un mélange de loup, d'homme et de démon ? Eh bien, aux

Indes, ils ont des tigres-garous, ou du moins ils croient qu'ils en ont, et je dois dire qu'en l'occurrence ils avaient assez de preuves incontestables pour avoir des raisons de le penser. En tout cas, comme nous avons pour notre part renoncé depuis trois cents ans aux procès de sorcellerie, nous n'aimons pas voir des gens conserver des pratiques que nous avons abandonnées ; cela nous semble irrespectueux pour notre position mentale et morale.

— J'espère que vous ne vous êtes pas montrée désagréable avec l'évêque, dit Annabel.

— Evidemment, il était mon invité, alors j'étais bien obligée d'être polie, mais il a eu le manque de tact d'évoquer cette vieille querelle de famille et de vouloir prendre la défense des siens ; même si ses prétentions étaient justifiées, ce que je ne crois pas un instant, ma maison n'était guère le lieu de les faire valoir. Je n'ai pas voulu discuter, mais j'ai donné congé à notre cuisinier pour qu'il aille voir ses vieux parents à quelque cent cinquante kilomètres de là. Le second cuisinier n'était pas un spécialiste du curry ; à vrai dire, je ne crois pas que la cuisine, sous quelque forme que ce fût, ait jamais été son fort. Il nous était arrivé, ce me semble, comme jardinier, mais comme nous n'avons jamais prétendu avoir quelque chose qui ressemble à un jardin, il faisait fonction d'aide-berger, poste dans lequel il donnait, je crois, toute satisfaction. Quand l'évêque a appris que j'avais envoyé le cuisinier en congé alors que la nécessité ne s'en imposait pas le moins du monde, il a compris la vraie raison de la manœuvre, et dès cet instant nous avons pratiquement cessé de nous adresser la parole. Si vous avez jamais eu chez vous un évêque avec qui vous n'échangiez pas un mot, vous comprendrez la situation. »

Annabel avoua qu'elle n'avait jamais connu pareille expérience.

« Ensuite, poursuivit Matilda, pour compliquer encore les choses, le Gwadlipichee a débordé, ce qui lui arrivait de temps en temps quand les pluies se prolongeaient, et la partie inférieure de la maison ainsi que les bâtiments annexes se sont trouvés inondés. Nous avons réussi à faire sortir les poneys de leur écurie juste à temps, et le palefrenier indien les a conduits à la nage jusqu'à l'éminence la plus proche. Une ou deux chèvres, le berger, sa femme et plusieurs de leurs jeunes enfants vinrent jeter l'ancre dans la véranda. Tout l'espace dont on disposait encore était envahi de poules et de poulets trempés et dépenaillés ; on ne sait jamais vraiment ce qu'on possède comme volaille tant que les communs n'ont pas été inondés. Bien sûr, j'avais déjà connu un peu cela lors des inondations précédentes, mais je n'avais encore jamais eu toute une maison envahie par des chèvres, des bébés, des poules à demi noyées, à quoi venait s'ajouter un évêque qui ne m'adressait pratiquement pas la parole.

— Cela a dû être une expérience bien éprouvante, observa Annabel.

— Je devais en voir encore bien d'autres. Je n'allais pas laisser une banale inondation effacer le souvenir de ce service à dessert, et je signifiai à l'évêque qu'il devrait se contenter de sa grande chambre à coucher avec une table pour écrire et une petite salle de bains contenant des pots d'eau froide en abondance, puisque étant donné les circonstances nous n'avions guère de place. Cependant, vers trois heures de l'après-midi, quand il se fut éveillé de sa sieste, il fit irruption dans la pièce qui faisait normalement office de salon, mais qui était alors tout à la fois salle à manger, entrepôt, sellerie et une demi-douzaine d'autres choses encore. A en juger par la tenue de mon invité, il semblait considérer cette pièce comme lui servant aussi de vestiaire.

« J'ai bien peur de n'avoir aucun siège à vous offrir, dis-je sans cordialité. La véranda est pleine de chèvres.

— Il y a une chèvre dans ma chambre, observa-t-il sur le même ton, et avec une nuance de reproche.

— Tiens ! fis-je. Une autre survivante ! Je croyais toutes les chèvres noyées.

— C'est le cas de celle dont je vous parle, dit-il. Un léopard est en train de la dévorer. C'est pourquoi j'ai quitté ma chambre ; certains animaux n'aiment pas qu'on les regarde quand ils mangent. »

La présence du léopard s'expliquait facilement : il rôdait autour de l'étable quand la rivière avait débordé, et il était passé par l'escalier extérieur menant à la salle de bains de l'évêque, non sans avoir pris la précaution d'emporter une chèvre avec lui comme en-cas. Sans doute avait-il trouvé la salle de bains trop humide et trop petite pour son goût et avait-il poursuivi son repas dans la chambre profitant de ce que l'évêque faisait sa sieste.

— Quelle affreuse situation ! s'écria Annabel. Vous vous rendez compte : avoir un léopard affamé dans sa maison, alors qu'on est entouré par l'inondation.

— Il n'était absolument pas affamé, reprit Matilda ; il s'était gavé de chèvre, il ne manquait pas d'eau s'il avait soif, et sans doute avait-il tout au plus envie de dormir. C'était toutefois, je pense qu'on en conviendra, une situation gênante que d'avoir votre unique chambre d'amis occupée par un léopard, la véranda encombrée de chèvres, de bébés et de poules trempées, et un évêque avec lequel on se trouve en froid planté au milieu de votre seul salon. Je ne sais vraiment pas comment j'ai passé ces heures interminables ; et, bien sûr, rien ne s'arrangeait avec les repas. Le cuisinier suppléant avait toutes les excuses du monde pour servir une soupe des plus claires et du riz collant, et comme ni le berger ni sa femme n'étaient bons plongeurs, on ne pouvait avoir accès à la cave. Heureusement, le Gwadlipichee se calme aussi vite qu'il déborde, et peu avant l'aube le palefrenier indien revint avec les poneys qui ne pataugeaient plus dans l'eau que jusqu'aux boulets. Il y eut encore quelques difficultés, car l'évêque manifesta le désir de s'en aller avant le léopard, et comme ce dernier était installé au beau milieu des affaires de l'évêque, nous eûmes quelque peine à modifier l'ordre de leur départ respectif. Je fis observer à l'évêque que les mœurs et les habitudes d'un léopard ne sont pas ceux d'une loutre et que ces animaux préfèrent marcher à pied sec ; j'ajoutai qu'au demeurant une bête qui vient d'engloutir une chèvre entière avait droit à un peu de repos ; si j'avais tiré des coups de fusil pour effrayer le fauve, comme me le conseillait l'évêque, il n'aurait sans doute quitté la chambre que pour entrer dans le salon où se trouvait déjà bien assez de monde. Bref, ce fut un soulagement de les voir partis tous les deux. Alors, vous comprenez peut-être maintenant pourquoi j'apprécie une campagne un peu endormie où il ne se passe rien. »

LA PÉNITENCE

Octavian Ruttle était un de ces êtres gais et pleins de vie, que l'amabilité a marqués de son sceau et, comme la plupart des gens de cette sorte, la paix de son âme dépendait dans une large mesure de l'approbation sans réserve de ses semblables. En traquant et en abattant un chat de gouttière, il avait fait une chose que lui-même n'approuvait guère, et il fut heureux quand le jardinier eut dissimulé le corps dans une fosse hâtivement creusée au pied d'un chêne du pré, l'arbre même où sa victime avait cherché un ultime refuge. C'était un geste condamnable et qui semblait cruel, mais les circonstances l'exigeaient. Octavian élevait des poulets ; du moins en élevait-il quelques-uns ; les autres disparaissaient, ne laissant derrière eux que quelques plumes ensanglantées pour marquer leur passage. Le chat de la grande maison grise qui donnait sur le pré avait été surpris à plusieurs reprises en train de rendre furtivement visite au poulailler, et après des négociations en bonne et due forme avec les occupants de la maison grise, une condamnation à mort avait été prononcée. « Les enfants seront navrés, mais ils n'ont pas besoin de le savoir », telle avait été la dernière réflexion faite à ce sujet.

Les enfants en question demeuraient une constante énigme pour Octavian ; il estimait qu'au bout de quelques mois, il aurait dû connaître leur nom, leur âge, leur date de naissance et qu'on aurait dû lui montrer leurs jouets favoris. Mais ils restaient aussi peu liants que le long mur blanc qui les séparait du pré et par-dessus lequel leurs trois têtes apparaissaient parfois. Ils avaient des parents aux Indes : Octavian l'avait appris par les voisins ; ces enfants, à part leurs vêtements qui permettaient de distinguer leur sexe respectif — il y avait une fille et deux garçons — ne livraient rien de leur vie privée. Et Octavian avait le sentiment maintenant qu'il venait de commettre une action qui les touchait de près mais qu'ils devaient ignorer.

Les infortunés poulets avaient l'un après l'autre subi leur triste sort, aussi était-ce justice que leur ennemi pérît de mort violente, et pourtant Octavian éprouva quelques remords quand il eut infligé ce trépas. Le petit chat, traqué loin des sentiers connus, avait couru de refuge en refuge, et sa fin avait été assez pitoyable. Octavian arpentait les hautes herbes du pré d'un pas moins gaillard que de coutume. En passant à l'ombre du haut mur blanc, il leva les yeux et s'aperçut que ses exploits cynégétiques avaient eu des témoins indésirables. Trois visages pâles le contemplaient, et si jamais un artiste avait voulu une triple étude de la haine froide, impuissante mais acharnée, farouche mais impassible, il l'aurait trouvée dans les trois regards que rencontra celui d'Octavian.

« Je suis navré, mais il le fallait, dit Octavian, d'un ton de sincère excuse.

— Monstre ! »

L'exclamation avait jailli des trois bouches avec une étonnante violence.

Octavian sentit que le mur n'opposerait pas à ses explications un refus plus obstiné que ce groupe hostile qui le dévisageait par-dessus le faîte ; il décida donc sagement d'attendre pour faire ses ouvertures de paix une occasion plus favorable.

Deux jours plus tard, il mit à sac la meilleure confiserie de la ville voisine afin de trouver une boîte de chocolats qui, par sa taille et par son contenu, pût racheter le sinistre forfait dont il s'était rendu coupable au pied du chêne, dans le pré. Il s'empressa de refuser les deux boîtes qu'on lui proposa tout d'abord : l'une avait un groupe de poulets peint sur son couvercle, l'autre arborait le portrait d'un petit chat. Un troisième modèle était plus simplement orné d'un bouquet de pavots, et Octavian vit aussitôt dans ces symboles de l'oubli un heureux présage. Il se sentit nettement plus à l'aise quand l'imposant paquet eut été livré dans la maison grise et qu'un message lui eut confirmé que la livraison avait bien été faite en mains propres. Le lendemain matin, il se dirigea d'un pas guilleret vers la basse-cour et la porcherie au bas du pré, longeant pour ce faire le mur blanc. Les trois enfants étaient perchés à leur poste d'observation habituel et parurent ignorer la présence d'Octavian. Tout en prenant douloureusement conscience de leur superbe dédain, il remarqua également d'étranges variations de couleurs dans l'herbe qu'il foulait ; sur une surface considérable, le vert tapis du pré était parsemé de grêlons couleur chocolat, relevés çà et là d'emballages bariolés ou du mauve distingué des violettes en sucre. On aurait dit que les rêves d'un enfant gourmand s'étaient matérialisés dans la végétation du pré. Le cadeau grâce auquel Octavian avait tenté de se faire pardonner son crime, voilà qu'on le lui jetait dédaigneusement au visage.

Pour accroître sa déconfiture, le cours des événements parut détourner la responsabilité des ravages exercés dans le poulailler de la tête du présumé coupable qui avait déjà expié si durement son forfait ; les poulets continuaient à disparaître, et il semblait que le chat ne hantait les parages du poulailler que pour chasser les rats qui y pullulaient. Par le canal des ragots de cuisine, les enfants apprirent cette nouvelle version de l'affaire, et Octavian ramassa un jour une feuille de cahier sur laquelle on avait laborieusement inscrit : « Monstre, c'étaient les rats qui mangeaient vos poulets. » Il souhaitait plus ardemment que jamais trouver l'occasion de faire cesser la disgrâce qui le frappait et s'acquérir un surnom plus flatteur auprès de ses juges inflexibles.

Et puis, un jour, l'inspiration le visita. Olivia, sa fille âgée de deux ans, avait coutume de rester de midi à une heure en compagnie de son père, tandis que la nurse engloutissait et digérait son déjeuner et son feuilleton. Le mur blanc environ à la même heure s'ornait généralement de la présence de ses trois jeunes gardiens. Octavian, sans avoir l'air de le faire délibérément, amena Olivia à portée de voix des guetteurs, et il remarqua avec un secret ravissement l'intérêt croissant qui se manifestait parmi le groupe jusqu'alors résolument hostile. Sa petite Olivia, avec ses façons endormies et placides, allait réussir là où lui, avec ses tentatives pleines de bonnes intentions, avait échoué de façon si insigne. Il lui offrit un gros dalhia jaune qu'elle tenait bien serré dans une main et considérait avec un ennui bienveillant comme on regarde un numéro de danse classique exécuté par des amateurs au cours d'une soirée de bienfaisance. Il se tourna alors vers le groupe juché au faîte du mur et demanda avec une nonchalance feinte : « Vous aimez les fleurs ? » Trois graves hochements de tête récompensèrent sa tentative.

« Quelle sorte de fleurs préférez-vous ? demanda-t-il, incapable cette fois de dissimuler dans sa voix un frémissement d'impatience.

— Celles qui sont de toutes les couleurs, là-bas. » Trois petits bras potelés désignèrent un massif de pois de senteur. En vrais enfants, ils avaient demandé ce qui leur semblait le plus lointain, mais Octavian s'en alla en trottinant gaiement satisfaire leur requête. Il cueillit d'une main impitoyable des fleurs de toutes couleurs dont il fit un bouquet qui ne tardait pas à devenir une gerbe. Puis revint sur ses pas pour trouver le mur plus blanc et plus désert que jamais, tandis qu'il ne voyait plus trace d'Olivia. Tout en bas du pré, trois enfants poussaient une charrette de toute la vitesse dont ils étaient capables en direction de la porcherie ; c'était la charrette d'Olivia, et celle-ci y était assise, un peu cahotée par le train qu'on lui imposait, mais gardant, semblait-il, tout son sang-froid. Octavian considéra la scène, puis se précipita à la poursuite du petit groupe, répandant dans sa course une pluie de pois de senteur. Il avait beau courir vite, les enfants avaient atteint la porcherie avant qu'il pût les rattraper, et il arriva juste à temps pour voir Olivia, étonnée mais consentante, hissée et poussée sur le toit de l'étable la plus proche. C'étaient de vieux bâtiments qui avaient besoin de réparations, et le toit délabré n'aurait certainement pas supporté le poids d'Octavian s'il avait tenté de suivre sa progéniture et les trois chenapans jusque sur leur nouvelle position.

« Qu'allez-vous lui faire ? » demanda-t-il, haletant. On ne pouvait se méprendre sur l'expression de malice qui se lisait sur ces jeunes visages rouges, mais résolus.

« La suspendre à des chaînes au-dessus d'un feu de braises, dit un des garçons, qui devait avoir des notions d'histoire d'Angleterre.

— La jeter aux cochons qui la dévoreront jusqu'à la dernière bouchée, sauf les paumes des mains », dit l'autre garçon, qui, lui, avait dû étudier la Bible.

Cette dernière menace fut celle qui inquiéta le plus Octavian, car elle risquait de se réaliser d'un instant à l'autre ; on avait déjà vu, se dit-il, des porcs dévorer des bébés.

« Vous ne feriez pas ça à ma petite Olivia ? supplia-t-il.

— Vous avez tué notre petit chat, lui rappelèrent impitoyablement les trois enfants.

— J'en suis navré », dit Octavian. Et s'il existe un étalon de mesure pour la vérité, l'affirmation d'Octavian valait bien neuf.

« Nous serons également navrés quand nous

aurons tué Olivia, dit la petite fille, mais nous ne pouvons pas l'être avant. »

La logique inexorable des enfants dressait un rempart infranchissable devant les supplications affolées d'Octavian. Il n'avait pas encore eu le temps de trouver une autre ligne d'attaque qu'une nouvelle alerte vint le solliciter. Olivia avait glissé du toit et elle était tombée avec un plouf doux et onctueux dans une fosse emplie de fumier et de paille pourrie. Octavian s'empressa d'enjamber le mur de la porcherie pour voler à son secours, et il se trouva aussitôt dans une sorte de fondrière où il enfonça jusqu'aux talons. Olivia, une fois passé le premier choc qu'elle avait éprouvé à choir ainsi, n'était pas mécontente de se trouver en contact aussi étroit avec cet élément fangeux qui l'entourait, mais à mesure qu'elle commençait à s'enfoncer doucement dans le purin, une certaine répugnance la gagnait, et elle se mit à crier de cette façon hésitante qu'ont les enfants généralement accommodants. Octavian, se débattant dans un bourbier qui semblait céder de partout sans qu'il parvînt véritablement à s'en dépêtrer, vit sa fille en train de disparaître lentement dans le purin prêt à l'engloutir, son visage barbouillé de fumier encore crispé par ses grimaces de surprise peinée, tandis que, perchés sur le toit de la porcherie, les trois enfants considéraient la scène avec le froid détachement des Parques.

« Je ne peux pas arriver jusqu'à elle assez vite, fit Octavian haletant ; elle va étouffer dans ce purin. Vous ne voulez pas l'aider ?

— Personne n'a aidé notre chat, s'entendit-il aussitôt rappeler.

— Je ferai n'importe quoi pour vous montrer

combien je suis navré, s'écria Octavian en faisant un nouvel effort qui le fit progresser de quelque cinq ou six centimètres.

— Vous vous présenterez devant la tombe vêtu d'un drap blanc ?

— Oui, cria Octavian.

— Un cierge à la main ?

— Et en disant : « Je suis un horrible monstre ? »

Octavian accepta tout.

« Pendant longtemps, longtemps ?

— Pendant une demi-heure », dit Octavian. Un frisson d'inquiétude était sensible dans sa voix quand il fixa ce délai ; n'y avait-il pas le précédent de cet empereur d'Allemagne qui fit pénitence en plein air, plusieurs jours et plusieurs nuits durant, à l'époque de Noël, et vêtu seulement d'une chemise ? Par bonheur, les enfants ne semblaient pas connaître l'histoire d'Allemagne, et une demi-heure leur parut un temps suffisamment long.

« Bien », dirent-ils gravement en chœur. Et, quelques instants plus tard, on avait laborieusement poussé une petite échelle jusqu'à Octavian qui s'empressa de l'appuyer contre le mur de la porcherie. L'escaladant tant bien que mal, il réussit à se pencher au-dessus du purin où barbotait tristement sa fille et à l'extirper de cette étreinte visqueuse comme un bouchon qui s'arrache à regret au goulot. Quelques minutes plus tard, il écoutait la nurse lui affirmer d'une voix aiguë qu'elle n'avait jamais vu pareil gâchis.

Le soir même, alors que le crépuscule cédait la place à la nuit, Octavian se posta en pénitent au pied du chêne, après avoir revêtu sa tenue dc pénitent : en chemise de laine, une bougie allumée dans une main et dans l'autre une montre qui lui semblait avancer d'un mouvement extraordinairement lent. Il avait à ses pieds une boîte d'allumettes dont il eut fréquemment à se servir, lorsque la flamme de la bougie cédait aux souffles de la nuit. La maison se dressait, impénétrable, dans le lointain, mais tout en répétant consciencieusement la formule de sa pénitence, Octavian sentait trois paires d'yeux graves qui contemplaient sa veille à laquelle mille moucherons participaient aussi.

Et le lendemain matin, son regard s'éclaira en se posant sur une feuille de papier gisant au pied du mur blanc, et qui portait ce message : « Pardonné. »

DE LA GRAINE POUR LES CAILLES

« L'avenir n'est pas rose pour de petites entreprises comme la nôtre, dit Mr Scarrick au peintre et à sa sœur qui avaient loué des chambres au-dessus de sa petite épicerie de banlieue. Ces grosses maisons offrent au public toutes sortes d'agréments que nous ne pourrions nous permettre d'imiter, même sur une échelle modeste : des salons de lecture et des salles de jeu, des gramophones et Dieu sait quoi encore. Aujourd'hui, les gens ne veulent même pas acheter une demi-livre de sucre si on ne leur fait pas entendre en même temps les dernières chansons à la mode et si on ne leur donne pas les résultat du championnat de cricket en Australie. Avec tout ce que nous avons en magasin pour Noël, nous devrions avoir de quoi occuper au moins une demi-douzaine de vendeurs, mais en fait mon neveu Jimmy et moi-même nous y suffisons largement. Il y a pourtant un bel assortiment, si seulement je pouvais l'écouler sur plusieurs semaines, mais il n'y a aucune chance, à moins que la neige empêche le train de Londres de passer pendant une quinzaine de jours avant Noël. J'avais pensé à engager Miss Luffconbe pour réciter des poèmes dans l'après-midi ; elle a eu beaucoup de succès aux matinées de la poste quand elle a dit « la résolution de la petite Béatrice ».

— Je n'imagine rien qui soit moins susceptible de transformer votre boutique en un magasin élégant, dit l'artiste, sans pouvoir réprimer un frisson ; si j'avais à décider entre les mérites des pruneaux de Carlsbad et des figues confites comme dessert, cela m'exaspérerait de voir le cours de mes pensées troublé par les résolutions que prend la petite Béatrice de devenir un ange radieux ou d'adhérer au scoutisme. Non, continua-t-il, le désir de se voir offrir quelque chose pour rien est une passion dominante chez la femme qui fait des courses, mais vous n'avez pas les moyens de la satisfaire efficacement. Pourquoi ne pas faire appel à un autre instinct, qui existe non seulement chez l'acheteuse mais aussi chez l'acheteur, et en fait dans toute la race humaine ?

— Quel est cet instinct, Monsieur ? » dit l'épicier.

***

Mrs Greyes et Miss Fritten avaient manqué le train de deux heures dix-huit pour Londres, et comme il n'y avait pas d'autre train avant trois heures douze, elles se dirent qu'elles feraient aussi bien d'acheter leur épicerie chez Scarrick. Cela n'aurait rien de passionnant, convinrent-elles, mais ce serait quand même faire des courses.

Durant quelques minutes, elles eurent la boutique pratiquement pour elles, car il n'y avait pas d'autres clients, mais elles étaient en train de débattre les qualités et les défauts respectifs de deux marques concurrentes de beurre d'anchois, quand elles furent surprises d'entendre commander de l'autre côté du comptoir six grenades et un paquet de graines de cailles. C'étaient là deux articles que l'on ne demandait guère dans la région. Tout aussi insolite était l'apparence physique du client : âgé d'environ seize ans, avec un teint olivâtre, deux grands yeux sombres et une épaisse barbe noire au reflet bleuté, il aurait pu gagner sa vie en posant pour un peintre. C'était d'ailleurs ce qu'il faisait. La coupe de cuivre martelé qu'il tendit pour recevoir ses emplettes était assurément la plus étonnante variation sur le thème panier à provisions qu'on eût jamais vu dans cette zone de civilisation banlieusarde. Il lança sur le comptoir une pièce d'or — quelque monnaie étrangère assurément — sans paraître disposé à attendre la monnaie qu'on aurait pu lui rendre.

« On n'a pas payé le vin ni les figues hier, dit-il ; gardez le solde pour nos achats futurs.

— Un garçon très curieux, vous ne trouvez pas ? dit Mrs Greyes d'un ton interrogateur à l'épicier, dès que son client se fut éclipsé.

— Un étranger, je crois, dit Mr Scarrick, avec un laconisme fort inhabituel chez lui.

— Je voudrais une livre et demie du meilleur café que vous avez », déclara quelques instants plus tard une voix autoritaire. Le personnage qui venait de parler était un homme de grande taille et d'allure imposante, encore qu'un peu bizarre, et remarquable entre autres par son épaisse barbe noire taillée suivant un style plus en vogue dans l'Assyrie primitive que dans la banlieue de Londres de nos jours.

« Est-ce qu'un jeune homme au teint olivâtre n'est pas venu ici acheter des grenades ? » demanda-t-il brusquement, tandis qu'on lui pesait son café.

Les deux braves dames sursautèrent presque en entendant l'épicier répondre sans vergogne par la négative.

« Nous avons quelques grenades en magasin, reprit-il, mais personne ne nous en a demandé.

— Mon domestique viendra chercher le café comme d'habitude », dit le client, prenant une pièce d'une bourse métallique. Puis, comme s'il venait d'y penser, il demanda : « Vous n'auriez pas par hasard de la graine de cailles ?

— Non, dit l'épicier sans hésiter, nous n'avons pas cet article en magasin.

— Quel mensonge va-t-il inventer après cela ? » murmura Mrs Greyes Ce qui aggravait encore les choses, c'était que Mr Scarrick avait tout récemment donné une conférence sur Savonarole.

Relevant le grand col d'astrakan de sa longue pelisse, l'étranger sortit de la boutique, avec l'air, comme le dit plus tard Miss Fritten, d'un Satrape se rendant au Sanhedrin. Elle n'était pas sûre qu'une aussi noble fonction entrât dans le cadre des activités d'un satrape, mais cette comparaison parut des plus judicieuses à son entourage.

« Peu importe le train de trois heures douze, dit Mrs Greyes, allons discuter de tout cela chez Laura Lipping. C'est son jour. »

Quand le jeune homme au teint olivâtre arriva au magasin le lendemain avec sa coupe à provisions en cuivre martelé, il y avait un groupe assez nombreux de clients, dont la plupart semblaient faire leurs courses de l'air de gens qui n'ont pas grand-chose à faire de leur temps. D'une voix que l'on entendit jusqu'au fond de la boutique, peut-être parce que tout le monde tendait l'oreille, il demanda une livre de miel et un paquet de graines de cailles.

« Encore de la graine de cailles ! fit Miss Fritten. Ses cailles doivent être voraces, ou alors ce ne sont pas des graines.

— Je crois que c'est de l'opium et que l'homme à la barbe est un inspecteur, dit Mrs Greyes, très excitée.

— Je ne crois pas, dit Laura Lipping ; je suis sûre que cela a un rapport avec le trône du Portugal.

— Il doit plutôt s'agir de la Perse et d'une intrigue à propos de l'ex-shah, dit Miss Fritten ; l'homme à la barbe appartient au parti du gouvernement. La graine pour les cailles est évidemment un mot de passe ; la Perse est tout à côté de la Palestine, et vous savez qu'il est souvent question de cailles dans l'Ancien Testament.

— Seulement à propos d'un miracle, dit sa jeune sœur qui était mieux informée ; moi, j'ai toujours pensé qu'il s'agissait d'une histoire d'amour. »

Le jeune homme dont la présence suscitait tant d'intérêt et faisait l'objet de tant d'hypothèses était sur le point de partir avec ses achats, quand il fut intercepté par Jimmy, le neveu de l'épicier, qui, du rayon des fromages et du bacon où il se trouvait, pouvait observer la rue tout à loisir.

« Nous avons de très belles oranges de Jaffa », dit-il précipitamment, désignant un coin où elles se trouvaient, derrière un haut rempart de boîtes de biscuits. De toute évidence, cette phrase avait une signification cachée. Le jeune homme se précipita vers les oranges avec l'enthousiasme d'un furet découvrant une famille de lapins dans son terrier après une longue journée de vaines recherches souterraines. Presque au même instant, l'étranger barbu entra dans le magasin et demanda une livre de dattes et une boîte du meilleur halva de Smyrne. La ménagère la plus aventureuse de la localité n'avait jamais entendu parler de halva, mais Mr Scarrick semblait capable de fournir la meilleure variété de Smyrne sans un instant d'hésitation.

« Nous vivons en pleines mille et une nuits, murmura Miss Fritten.

— Chut ! Ecoutez, fit Mrs Greyes.

— Est-ce que le jeune homme brun dont je vous ai parlé hier est venu ici aujourd'hui ? demanda l'étranger.

— Nous avons eu plus de clients que d'habitude au magasin aujourd'hui, dit Mr Scarrick, mais je ne me rappelle pas avoir vu quelqu'un correspondant à ce signalement. »

Mrs Greyes et Miss Fritten jetèrent un regard triomphal à leurs amies. Il était évidemment déplorable que l'on dût traiter la vérité comme un article qui lui non plus ne se trouvait pas pour l'instant au magasin, mais elles étaient ravies de voir ainsi confirmés les récits qu'elles avaient faits des louches trafics de Mr Scarrick.

« Je ne pourrai plus jamais croire ce qu'il me raconte quand il me dit qu'il n'y a pas de colorant dans la confiture », murmura d'un ton tragique une tante de Mrs Greyes.

Le mystérieux étranger s'en alla ; Laura Lipping vit distinctement un rictus rageur se dessiner derrière son épaisse moustache et le col de sa pelisse d'astrakan. Après avoir attendu prudemment quelques instants, l'amateur d'oranges émergea de derrière les boîtes de biscuits, n'ayant apparemment trouvé aucune orange qui satisfît à ses exigences. Lui aussi s'en alla et le magasin se vida lentement de ses clientes chargées de paquets et de commérages. C'était le jour d'Emily Yorling, et la plupart des clientes prirent aussitôt le chemin de son salon. Se rendre directement d'une expédition dans les magasins à un thé, c'était ce qu'on appelait là-bas « vivre dans un tourbillon ».

Deux vendeurs supplémentaires avaient été engagés pour le lendemain après-midi, et leur présence ne fut pas inutile ; le magasin était bondé. Les gens achetaient sans cesse et ne semblaient jamais parvenus au bout de leur liste. Mr Scarrick n'avait jamais eu si peu de difficultés à persuader ses clientes de tenter de nouvelles expériences en matière de produits d'épicerie. Même les femmes dont les achats n'atteignaient qu'un total modeste s'attardaient, comme si un mari alcoolique et brutal les attendait chez elles. L'après-midi s'était écoulée sans incident et un frisson d'excitation contenue parcourut l'assistance quand un jeune homme aux yeux sombres et portant une coupe de cuivre entra dans le magasin. L'agitation générale parut gagner Mr Scarrick ; abandonnant brusquement une dame qui l'interrogeait sans conviction sur les mœurs du canard de Bombay, il arrêta au passage le nouveau venu et lui annonça, dans un silence de mort, qu'il n'avait plus de graine pour les cailles.

Le jeune homme promena autour de lui un regard nerveux et, d'un pas hésitant, repartit vers la porte. Il fut intercepté de nouveau, cette fois par le neveu, qui jaillit de derrière son comptoir et lui dit quelque chose à propos d'un arrivage d'oranges. L'hésitation du jeune homme se dissipa aussitôt ; il courut presque vers le coin obscur où s'entassaient les oranges. Les regards se tournèrent alors vers la porte et le grand étranger barbu fit une entrée des plus impressionnantes. La tante de Mrs Greyes déclara par la suite qu'elle se surprit à répéter machinalement tout bas : « L'Assyrien est arrivé comme un loup fonçant sur un troupeau », et on la crut bien volontiers.

L'étranger fut à son tour arrêté avant d'arriver au comptoir, mais ce ne fut pas par Mr Scarrick ni par son assistant. Une dame au visage dissimulé derrière des voiles épais, et que personne n'avait remarquée jusque-là, se leva avec langueur d'un siège et le salua d'une voix claire et vibrante.

« Votre Excellence fait ses courses elle-même ? dit-elle.

— Je commande les choses moi-même, expliqua-t-il ; j'ai du mal à me faire comprendre par mes domestiques. »

D'une voix plus basse, mais encore parfaitement audible, la dame voilée lui donna un renseignement d'un ton désinvolte.

« Ils ont là d'excellentes oranges de Jaffa » ; puis, avec un rire cristallin, elle sortit du magasin.

L'homme jeta alentour un regard noir puis, fixant instinctivement les yeux sur la barrière de boîtes de biscuits, il demanda à l'épicier d'une voix forte : « Vous n'auriez pas de bonnes oranges de Jaffa ? »

Chacun s'attendait à entendre Mr Scarrick nier aussitôt avoir un tel article en magasin. Mais, sans lui laisser le temps de répondre, le jeune homme avait quitté son refuge. Tenant devant lui sa coupe en cuivre vide, il sortit dans la rue. Divers témoins décrivirent ensuite son visage : selon les uns, il affichait une indifférence feinte, selon les autres une affreuse pâleur, et pour d'autres encore, il arborait une expression de hardi défi. Les uns dirent qu'il claquait des dents, d'autres qu'il sortit en sifflant l'hymne national persan. On ne pouvait en tout cas se méprendre sur l'effet que produisit cette rencontre sur l'homme qui semblait l'avoir provoquée. Si un chien enragé ou un serpent à sonnette lui avait brusquement imposé sa compagnie, il n'aurait sans doute pas manifesté une terreur plus vive. Son air impérieux, son assurance l'avait quitté, son pas décidé avait cédé la place à la démarche furtive et nerveuse d'un animal qui cherche une issue. D'un air hébété, les yeux toujours tournés vers l'entrée du magasin, il commanda au hasard quelques articles que l'épicier fit mine de noter sur son carnet. De temps en temps, il sortait dans la rue, regardait d'un air anxieux dans toutes les directions, et puis revenait dans le magasin pour continuer à faire semblant de poursuivre ses achats. L'une de ses sorties fut la bonne : il avait disparu dans l'ombre, et les foules avides qui continuaient à se presser dans le magasin de Scarrick ne le revirent jamais, pas plus que le jeune homme au teint olivâtre ni que la dame voilée.

***

« Je ne pourrai jamais trop vous remercier, vous et votre sœur, dit l'épicier.

— Nous nous sommes bien amusés, dit modestement le peintre, et quant au modèle, cela l'a agréablement changé de poser pendant des heures pour « l'enlèvement de Hylas ».

— En tout cas, dit l'épicier, j'insiste pour payer la location de la barbe. »

LES SEPT POTS DE CRÈME

« J'imagine que nous ne verrons plus jamais Wilfrid Pigeoncote ici maintenant qu'il a hérité d'un titre de baronnet et d'une grosse fortune, observa d'un ton de regret Mrs Peter Pigeoncote à son mari.

— Mon Dieu, nous ne pouvons guère nous y attendre, répondit-il, étant donné que nous l'avons toujours découragé de venir nous voir quand il n'était rien du tout. Je ne crois pas l'avoir vu depuis l'âge de douze ans.

— Nous avions des raisons de ne pas rechercher sa fréquentation, dit Mrs Peter. Avec le défaut dont il était affligé, il n'était pas le genre d'individu que l'on souhaitait avoir chez soi.

— Mais ce défaut, il l'a toujours, n'est-ce pas ? dit son mari. Ou bien crois-tu que l'héritage s'accompagne d'une réforme de caractère ?

— Oh, bien sûr, il y a toujours ce petit inconvénient, reconnut sa femme, mais il est quand même normal de vouloir faire la connaissance du futur chef de la famille, ne serait-ce que par pure curiosité. D'ailleurs, il faut reconnaître en toute lucidité que le fait qu'il soit riche va effectivement changer la façon dont les gens considéreront son défaut. Quand un homme est très riche, et non pas simplement à l'aise, tout soupçon de motif sordide disparaît aussitôt ; la chose ne paraît plus qu'une maladie gênante. »

Wilfrid Pigeoncote avait brusquement hérité de son oncle, Sir Wilfrid Pigeoncote, à la mort de son cousin, le major Wilfrid Pigeoncote, qui avait succombé des suites d'un accident de polo. (Un Wilfrid Pigeoncote s'était couvert de gloire durant les campagnes de Marlbrough, et depuis lors le prénom de Wilfrid avait été dans la famille une faiblesse traditionnelle.) Le nouvel héritier du titre et des biens familiaux était un jeune homme d'environ vingt-cinq ans, plus connu de réputation que personnellement dans sa famille. Et cette réputation était loin d'être flatteuse. Les nombreux autres Wilfrid de la famille se distinguaient les uns des autres surtout par le nom de leur résidence ou par leur profession — il y avait Wilfrid de Hubbledown, et le jeune Wilfrid l'Artilleur — mais celui dont nous parlons était connu sous le surnom ignominieux et fort explicite de Wilfrid le Pickpocket. Depuis la fin de son séjour au collège, il était affligé d'une forme aiguë et persistante de kleptomanie : il avait l'instinct thésauriseur du collectionneur sans en avoir le goût éclairé. Tout ce qui était plus petit et moins encombrant qu'un buffet et d'une valeur supérieure à neuf pence avait pour lui un irrésistible attrait, à condition que l'objet appartînt à autrui. Dans les rares occasions où des amis l'invitaient pour un week-end dans leur maison de campagne, c'était un usage et presque une nécessité pour son hôte ou pour quelques membres de la famille de procéder à une fouille rapide de ses bagages la veille de son départ, pour voir s'il n'avait pas emballé « par erreur » quelque bien qui ne lui appartenait pas. Cette fouille permettait généralement de récupérer un butin aussi important que divers.

« Tiens, c'est drôle, dit Peter Pigeoncote à sa femme, une demi-heure environ après leur conversation. Voici un télégramme de Wilfrid, annonçant qu'il passe par ici en voiture, et qu'il aimerait s'arrêter pour présenter ses respects. Il peut rester pour la nuit si cela ne nous gêne pas. C'est signé « Wilfrid Pigeoncote ». Ce doit être le Pick-pocket ; aucun des autres n'a de voiture. J'imagine qu'il nous apporte un cadeau pour nos noces d'argent.

— Mon Dieu ! s'écria Mrs Peter, tandis qu'une pensée soudaine la frappait. Ce n'est vraiment pas le moment d'avoir un kleptomane dans la maison. Avec tous ces cadeaux exposés dans le salon, et tous ceux qui arrivent à chaque courrier ; c'est à peine si je sais ce que nous avons et ce que nous devons encore recevoir. Nous ne pouvons tout de même pas les mettre sous clef ; il voudra sûrement les voir.

— Il faudra ouvrir l'œil, voilà tout, dit Peter d'un ton rassurant.

— Mais ces kleptomanes endurcis sont habiles, dit sa femme, fort inquiète. Et ce sera gênant s'il se doute que nous le surveillons. »

La gêne fut en effet la note dominante de la soirée que passa chez eux le voyageur. La conversation sautait nerveusement d'un sujet à l'autre. Leur invité n'avait nullement cet air furtif et un peu penaud que ses cousins s'attendaient à lui trouver ; il se montra poli et afficha même une certaine assurance. Ses hôtes, par contre, avaient une contenance embarrassée qui aurait pu être le signe d'une secrète perversité. Dans le salon, après le dîner, leur gêne et leur nervosité ne firent que s'accroître.

« Oh, nous ne vous avons pas montré les cadeaux que nous avons reçus pour nos noces d'argent, dit soudain Mrs Peter, comme si elle venait de trouver soudain une brillante idée pour distraire leur hôte. Ils sont tous là. De si jolis cadeaux, si utiles. Bien sûr, il y en a quelques-uns en double.

— Nous avons reçu sept pots à crème, annonça Peter.

— Croyez-vous que c'est bête, reprit Mrs Peter, sept. Cela nous donne l'impression que nous devons vivre de crème jusqu'à la fin de nos jours. Bien sûr, il y en a que l'on peut changer. »

Wilfrid s'intéressa surtout à ceux des cadeaux qui étaient des objets anciens, il en approcha un ou deux de la lampe pour en examiner les poinçons. L'inquiétude de ses hôtes dans ces moments-là rappelait l'air soucieux d'une chatte dont on se passe de main en main les chatons nouveau-nés.

« Voyons, m'avez rendu le pot à moutarde ? demanda Mrs Peter d'une voix blanche.

— Pardonnez-moi. Je l'ai reposé auprès du pichet à vin, dit Wilfrid, déjà passionné par un autre objet.

— Oh, pouvez-vous me passer ce saupoudroir, demanda Mrs Peter, dont la détermination perçait sous la nervosité. Il faut que je marque de qui il vient avant que j'oublie. »

Elle n'avait cependant pas le sentiment d'une totale victoire. Après avoir dit bonsoir à leur visiteur, Mrs Peter exprima sa conviction qu'il avait pris quelque chose.

« Cela ne me surprendrait pas, renchérit son mari. Est-ce qu'il manque quelque chose ? »

Mrs Peter s'empressa de compter les cadeaux.

« Je n'arrive qu'à trente-quatre, et je crois qu'il devrait y en avoir trente-cinq, annonça-t-elle. Je n'arrive pas à me souvenir si le chiffre de trente-cinq comprend l'huilier de l'Archidiacre qui n'est pas encore arrivé.

— Comment veux-tu le savoir ? dit Peter. Ce radin ne nous a même pas apporté de cadeau, et je ne veux pas qu'il s'en aille en nous en emportant un.

— Demain, pendant qu'il prendra son bain, dit Mrs Peter ravie, il laissera sûrement ses clefs quelque part, et nous pourrons fouiller sa valise. C'est la seule chose à faire. »

Le lendemain, les conspirateurs montèrent une garde vigilante derrière des portes entrouvertes, et quand Wilfrid, drapé dans un somptueux peignoir de bain, se fut dirigé vers la salle de bains, ils se précipitèrent à pas furtifs vers la chambre d'amis. Mrs Peter montait la garde dans le couloir, tandis que son mari cherchait puis trouvait les clefs, et se plongeait dans la valise, avec l'air d'un fonctionnaire des douanes odieusement consciencieux. La fouille ne dura pas longtemps : un pot à crème en argent était douillettement emballé entre deux chemises.

« Le misérable, dit Mrs Peter, il n'est pas bête. Il a pris un pot à crème car il y en avait tellement ; il a cru que la disparition de l'un des pots passerait inaperçue. Va vite le remettre avec les autres. »

Wilfrid arriva en retard pour le petit déjeuner, et son attitude laissait clairement entendre que quelque chose n'allait pas.

« C'est une chose déplaisante à dire, finit-il par déclarer, mais je crois malheureusement que vous avez un voleur parmi vos domestiques. On a pris quelque chose dans ma valise. C'était un petit cadeau de ma mère et de moi-même pour vos noces d'argent. Je vous l'aurais bien donné hier soir après le dîner, seulement c'était justement un pot à crème, et vous paraissiez ennuyés d'en avoir tant en double, alors cela m'a un peu gêné de vous en donner un autre. J'ai pensé que je le changerais contre autre chose, et voilà maintenant qu'il a disparu.

— Vous avez bien dit que c'était un cadeau de votre mère et de vous-même ? demandèrent Mr et Mrs Peter presque en chœur. Le Pick-pocket était orphelin depuis des années.

— Oui, ma mère est actuellement au Caire, et elle m'a écrit à Dresde en me demandant de vous trouver quelque chose de joli et d'amusant dans le genre vieille argenterie, et je suis tombé sur ce pot à crème. » Les deux Pigeoncote étaient d'une affreuse pâleur. Le nom de Dresde avait été une illumination. C'était Wilfrid l'Attaché d'Ambassade, un jeune homme fort remarquable, et qu'ils avaient rarement l'occasion de voir, qu'ils avaient reçu sans s'en douter, en croyant accueillir Wilfrid le Pick-pocket. Lady Ernestine Pigeoncote, sa mère, évoluait dans des cercles bien au-delà de leurs ambitions, et son fils serait sans doute un jour ambassadeur. Et voilà qu'ils avaient fouillé et pillé ses bagages ! Le mari et la femme échangèrent un regard désespéré. Ce fut Mrs Peter qui fut la première visitée par l'inspiration.

« Comme c'est horrible de penser qu'il y a des voleurs dans la maison ! Nous fermons le salon à clef pendant la nuit, bien sûr, mais on pourrait dérober n'importe quoi pendant que nous prenons le petit déjeuner. »

Là-dessus, elle se leva et sortit rapidement, comme pour s'assurer que le salon n'avait pas été mis au pillage, et elle revint quelques instants plus tard, tenant un pot à crème à la main.

« Il y a maintenant huit pots à crème au lieu de sept, s'écria-t-elle ; je n'avais jamais vu celui-ci. Comme la mémoire nous joue des tours, Mr Wilfrid ! Vous avez dû descendre avec, hier soir, et le laisser là-bas avant que nous fermions à clef, puis ne plus y penser ce matin.

— La mémoire vous joue souvent de ces tours, renchérit Mr Peter, avec une obstination désespérée. L'autre jour encore, je suis allé en ville payer une facture, et j'y suis retourné le lendemain, ayant complètement oublié que j'avais...

— C'est bien le pot que je vous avais apporté, dit Wilfrid, en l'examinant attentivement. Il était dans ma valise quand j'en ai retiré mon peignoir ce matin avant d'aller prendre mon bain, et il n'y était plus à mon retour. Quelqu'un avait dû le prendre pendant mon absence. »

Les Pigeoncote étaient plus pâles que jamais. Mrs Peter eut enfin une idée.

« Va me chercher mes sels, chéri, dit-elle à son mari, je crois qu'ils sont dans ma penderie. »

Peter sortit avec joie ; il avait vécu si longtemps durant ces dernières minutes que des noces d'or lui paraissaient presque à portée de la main.

Mrs Peter se tourna vers son invité d'un air un peu embarrassé.

« Un diplomate comme vous saura garder le silence sur cette affaire. C'est un petit travers dont souffre Peter ; il semble que ce soit héréditaire.

— Seigneur ! Vous voulez dire qu'il est kleptomane comme le cousin Pick-pocket ?

— Oh, pas exactement, dit Mrs Peter, qui ne voulait pas peindre son mari sous des couleurs aussi noires. Il ne toucherait à rien qu'il trouverait à traîner sur un meuble, mais il ne peut pas résister à l'envie de fouiller les bagages fermés à clef. Les médecins donnent à cette affection un nom particulier. Il a dû bondir sur votre valise dès l'instant où vous êtes allé à la salle de bains et il a pris le premier objet qui lui soit tombé sous la main. Il n'avait bien entendu aucune raison de prendre un pot à crème ; nous en avons déjà sept, comme vous le savez — non pas, certes, que nous n'apprécions pas ce charmant cadeau que vous et votre mère... chut, le voilà qui revient. »

Mrs Peter s'interrompit précipitamment pour aller au devant de son mari dans le couloir.

« Tout est arrangé, murmura-t-elle, j'ai tout expliqué. N'en parle plus.

— Brave petite femme, dit Peter, avec un soupir de soulagement. Je n'aurais jamais pu y arriver. »

***

La discrétion diplomatique ne s'étend pas nécessairement aux affaires de famille. Peter

Pigeoncote ne put jamais comprendre pourquoi Mrs Consuelo van Bullyon, qui vint séjourner chez eux au printemps, emportait toujours avec elle dans la salle de bains deux petites valises qui étaient de toute évidence des coffrets à bijoux, en expliquant à tous ceux qu'elle rencontrait dans le corridor qu'il s'agissait de son nécessaire de toilette et de sa trousse de maquillage.

HYACINTH

« Cette nouvelle mode de faire participer les enfants du candidat à la campagne électorale est charmante, déclara Mrs Panstreppon. Cela diminue quelque peu l'âpreté de la lutte politique, et cela constitue une expérience intéressante dont les enfants peuvent se souvenir plus tard. Toutefois, si vous voulez mon avis, Matilda, vous n'allez pas emmener Hyacinth avec vous à Luffbridge le jour des élections.

— Ne pas emmener Hyacinth ! s'exclama sa mère ; mais pourquoi donc ? Jutterly emmène ses trois enfants, et ils vont se promener à travers la ville dans une petite voiture attelée de deux ânes de Nubie, pour souligner le fait que leur père a été Secrétaire d'Etat aux Colonies. Nous réclamons une Marine forte dans notre campagne, et il me semble particulièrement indiqué d'avoir Hyacinth en costume marin. Il sera divin.

— La question n'est pas de savoir quel air il aura, mais comment il se comportera. C'est bien entendu un enfant délicieux, mais il y a chez lui une tendance batailleuse qui se manifeste par moments de façon vraiment alarmante. Vous avez peut-être oublié l'affaire des petits enfants Gaffin ; moi, pas.

— J'étais aux Indes à l'époque, et je n'ai qu'un vague souvenir de ce qui s'est passé ; je crois qu'il a été insupportable.

— Il était dans sa charrette à chèvre et il a rencontré les Gaffin dans leur voiture d'enfant, il a mis la chèvre au galop et a renversé leur voiture. Le petit Jacky Gaffin a été coincé dessous et, pendant que la nurse se débattait contre la chèvre, Hyacinth frappait les jambes de Jacky de toutes ses forces à coups de ceinture.

– Je ne le défends pas, dit Matilda, mais ils avaient dû faire quelque chose pour l'agacer.

— Ils ne l'avaient pas fait exprès, mais quelqu'un avait eu le malheur de lui dire qu'ils étaient à moitié français — leur mère était une Duboc, vous savez — et, ce matin-là, il avait eu une leçon d'Histoire au cours de laquelle il avait appris que les Anglais avaient fini par perdre Calais, ce qui l'avait rendu furieux. Il allait apprendre à ces petits grenouillards, disait-il, à nous voler des villes, mais nous ne savions pas alors qu'il parlait des Gaffin. Je lui ai expliqué par la suite, que tout ressentiment entre les deux nations était dissipé depuis longtemps, que d'ailleurs les Gaffin n'étaient qu'à demi français, ce à quoi il m'a répondu que c'était seulement la moitié française de Jacky qu'il avait frappée ; le reste était enfoui sous la voiture d'enfant. Si la perte de Calais suffisait à déchaîner chez lui une pareille fureur, je tremble à l'idée de ce qu'un échec aux élections pourrait provoquer.

— Tout cela s'est passé quand il avait huit ans ; il a grandi maintenant ; il est plus raisonnable.

— Les enfants comme Hyacinth ne s'assagissent pas en vieillissant ; ils acquièrent seulement de l'expérience.

— Allons donc. L'ambiance des élections l'amusera, et de toute façon il sera épuisé à l'heure de la proclamation des résultats ; le nouveau costume marin que je lui ai fait faire est exactement du bleu de nos couleurs électorales, et parfaitement assorti à la couleur de ses yeux. Sa présence apportera une note colorée dans tout cela.

— Il ne faut pas que le sens esthétique l'emporte sur le sens moral, rétorqua Mrs Panstreppon. En tout cas, s'il se produit quelque événement fâcheux à Luffbrige, n'allez pas dire que cela n'avait pas été prévu par un membre de la famille. »

La lutte électorale se poursuivit avec acharnement mais courtoisie. Le Secrétaire aux Colonies récemment nommé jouissait d'une certaine popularité, mais le gouvernement dont il faisait partie était résolument impopulaire, aussi pensait-on que la majorité de quatre cents voix, obtenues aux dernières élections, ne se maintiendrait pas cette fois. L'espoir régnait dans les deux camps, mais aucun ne pouvait se sentir vraiment assuré. Les enfants eurent un vif succès ; les petites Jutterly sillonnèrent les principales artères de la ville, traînées par leurs petits ânes, et brandissant des panneaux vantant les mérites de leur père en affirmant essentiellement qu'il était leur père ; quant à Hyacinth, sa conduite aurait pu servir d'exemple à quelque chérubin qui se serait par hasard aventuré sur les lieux d'une campagne électorale. Sans se faire prier, et sous les yeux ravis d'une demi-douzaine d'opérateurs d'actualités, il s'était avancé au devant des enfants Jutterly et leur avait offert un paquet de caramels : « Nous n'avons pas besoin d'être ennemis parce que nous portons des couleurs opposées », déclara-t-il avec une charmante amabilité, et les occupants de la charrette à ânes acceptèrent son cadeau d'un air grave et poli. Les grandes personnes de l'un et l'autre camps furent enchantées de cet épisode, à l'exception de Mrs Panstreppon, qui frissonna.

« Jamais le baiser de Clytemnestre ne fut plus doux que le soir où elle me poignarda », murmura-t-elle, gardant pour elle la citation.

La dernière heure de la campagne fut pour les deux camps une période de labeur acharné ; on estimait généralement qu'il n'y avait pas entre les deux candidats une différence supérieure à une douzaine de voix, et l'on ne ménagea aucun effort pour gagner l'appui d'électeurs hésitants. Ce fut avec soulagement que chacun entendit l'horloge sonner quatre heures, ce qui annonçait la clôture du scrutin. On s'exclama, on déboucha des bouteilles.

« Eh bien, si nous n'avons pas gagne, nous avons fait de notre mieux. » « Cela a été un combat clair et loyal, sans rancœur » « Les enfants ont été charmants, n'est-ce pas ? »

Les enfants ? On s'aperçut soudain qu'on ne les avait pas vus depuis plus d'une heure. Qu'était-il advenu des trois petites Jutterly et leur charrette à ânes, et qu'était-il advenu aussi de Hyacinth ? Des envoyés firent hâtivement la navette entre le quartier général des deux candidats et les diverses salles de comités, mais partout on ignorait totalement où se trouvaient les enfants. Tout le monde avait été trop occupé dans les derniers instants du scrutin pour leur accorder une pensée. Puis un coup de téléphone parvint au comité des Femmes Unionistes, et l'on entendit la voix de Hyacinth qui demandait quand l'on proclamerait les résultats du scrutin.

« Où es-tu, et où sont les petites Jutterly ? demanda sa mère.

— Je viens de goûter dans une pâtisserie, répondit-il, et on m'a laissé téléphoner. J'ai pris un œuf poché, une saucisse et quatre meringues.

— Tu vas être malade. Les petites Jutterly sont avec toi ?

— Bien sûr que non. Elles sont dans une porcherie.

— Une porcherie ? Pourquoi ? Quelle porcherie ?

— Près de la route Crawleigh. Je les ai rencontrées qui passaient dans une petite rue, et je leur ai dit de venir prendre le thé avec moi, et elles ont laissé leurs ânes dans une cour que je connaissais. Je les ai emmenées alors voir une vieille truie qui venait d'avoir dix petits cochons. J'ai entraîné la truie dans la cour en lui donnant des morceaux de pain, pendant que les Jutterly entraient regarder la portée, puis j'ai refermé la porte et je les ai laissées là.

— Affreux garçon, tu veux dire que tu as laissé ces pauvres enfants seules là-bas dans la porcherie ?

— Ils ne sont pas seuls, ils ont dix petits cochons avec eux. Et ils sont joliment serrés. Ils étaient rudement furieux d'être enfermés, mais pas aussi furieux que la vieille truie d'être séparée de ses petits. Si elle réussit à entrer pendant qu'ils sont là, elle va les réduire en bouillie. Je peux les faire sortir par la fenêtre en utilisant une petite échelle, et c'est ce que j'ai l'intention de faire *si nous gagnons*. Si leur maudit père est élu, je vais simplement ouvrir la porte à la truie et elle fera d'eux ce qu'elle veut. C'est pourquoi je voudrais savoir quand on aura les résultats du scrutin. »

Là-dessus le narrateur raccrocha. A l'autre bout du fil, ce fut une jolie bousculade. Dans les deux camps, presque tous les collaborateurs de chaque candidat avaient disparu dans leurs divers clubs et bars attitrés pour attendre les résultats du vote, mais l'on put quand même recueillir des renseignements assez précis pour déterminer le théâtre des exploits de Hyacinth. Mr John Ball avait des écuries non loin de la route de Crawleigh, et l'on savait que sa truie venait d'avoir une portée de dix petits. Les deux candidats se précipitèrent donc là-bas, ainsi que la mère de Hyacinth, sa tante (Mrs Panstreppon), et deux ou trois amis hâtivement convoqués. La première chose qu'ils virent en entrant dans la cour, ce furent les deux ânes de Nubie, en train de mâchonner leur fourrage d'un air satisfait. Les grognements rauques d'un animal furibond et les cris plus perçants de treize jeunes voix, dont trois étaient humaines, les guidèrent vers la porcherie, dans la cour extérieure de laquelle une énorme truie du Yorkshire patrouillait d'un pas rageur devant une porte close. Accoudé à l'appui d'une fenêtre ouverte, emplacement d'où il pouvait manœuvrer le loquet de la porte, se trouvait Hyacinth, son costume marin quelque peu taché, et dont un regard lourd d'une détermination avait remplacé l'expression angélique.

« Si l'un de vous fait un pas de plus, cria-t-il, je fais entrer la truïe. »

Les sauveteurs affolés prodiguèrent les menaces, les supplications, les arguments les plus divers, mais tout cela ne fit pas plus d'impression sur Hyacinth que les hurlements qui provenaient de la porcherie.

« Si Jutterly l'emporte, je laisse entrer la truie. Je leur apprendrai à ces misérables à l'emporter sur nous.

— C'est qu'il le ferait, dit Mrs Panstreppon. Quand je l'ai vu offrir des caramels, j'ai craint le pire.

— Tout va bien, mon petit homme, dit Jutterly, avec une fourberie à laquelle même un Secrétaire d'Etat aux Colonies peut parfois s'abaisser, ton père a été élu à une large majorité.

— Menteur ! rétorqua Hyacinth, avec le franc parler qui n'est pas seulement excusable mais quasi obligatoire dans la carrière politique ; on n'a même pas encore compté les votes. Il ne faudra pas non plus me raconter des histoires à propos du résultat. Un de mes copains attend avec un fusil le résultat du scrutin : deux coups si nous avons gagné, un coup si nous avons perdu. »

La situation commençait à paraître critique. « Il n'y a qu'à droguer la truie », murmura le père de Hyacinth.

Quelqu'un se précipita en voiture jusqu'à la pharmacie la plus proche et revint avec deux gros morceaux de pain généreusement arrosés de narcotique. On lança discrètement le pain dans la cour, mais Hyacinth déjoua la manœuvre. Il se mit à imiter de façon saisissante les cris perçants d'un petit cochon au purgatoire, et la mère furieuse se remit à arpenter la cour de plus belle, piétinant le pain dans la fange.

Les résultats du scrutin pouvaient être déclarés d'un moment à l'autre. Jutterly revint en hâte à l'Hôtel de Ville où l'on procédait au dépouillement des votes. Son agent électoral l'accueillit avec un sourire radieux.

« Vous menez pour l'instant de onze voix, et il y a encore environ quatre-vingts votes à dépouiller ; vous allez sans doute passer tout juste.

— Je ne dois absolument pas passer tout juste, s'écria Jutterly d'une voix rauque. Il faut que vous fassiez objection à tous les votes contestables de notre côté qu'il est possible de désavouer. Il ne faut absolument pas que j'aie la majorité. »

On put assister alors au spectacle sans précédent d'un agent électoral contestant les votes en faveur de son candidat avec une habileté que ses adversaires auraient hésité à déployer. Une ou deux voix que l'on aurait certainement considérées comme valables dans des circonstances normales furent donc déclarées nulles, mais même ainsi Jutterly menait encore de six voix et il ne restait plus que trente bulletins à dépouiller.

Pour ceux qui étaient restés devant la porcherie, cette attente semblait intolérable. En dernier ressort, on avait envoyé quelqu'un chercher un fusil pour abattre la truie, mais Hyacinth risquait d'ouvrir la porte dès l'instant où il apercevrait l'arme.

Mais, un soir d'élection, la plupart des hommes étaient absents de leur domicile, et le messager avait dû aller fort loin. D'une seconde à l'autre maintenant, on attendait la proclamation des résultats.

On entendit soudain des cris et des vivats venant du côté de l'Hôtel de Ville. Le père de Hyacinth s'empara d'une fourche et s'apprêta à sauter dans la cour dans le fol espoir d'arriver à temps.

Un coup de feu retentit dans le calme du soir. Hyacinth se pencha du haut de son perchoir, un doigt sur le loquet. La truie chargeait furieusement la porte.

« Bang ! » Une autre détonation retentit.

Hyacinth se redressa et fit passer une petite échelle par la fenêtre de la porcherie.

« Maintenant vous pouvez sortir, sales petites crapules, déclara-t-il ; c'est mon papa qui a gagné, pas le vôtre. Dépêchez-vous, je ne peux pas faire attendre la truie plus longtemps. Et tâchez de ne plus vous mêler d'une autre élection quand je m'en occuperai. »

Dans la réaction qui suivit la délivrance, les récriminations fusèrent aussitôt, de tous côtés. On demanda un nouveau décompte des voix, mais l'on ne parvint pas à établir que le Secrétaire aux Colonies avait obtenu la majorité. Cette élection laissa derrière elle une impression pénible, sans parler de celle qu'éprouvait le derrière de Hyacinth.

« C'est la dernière fois que je le laisserai participer à une élection, s'exclama sa mère.

— Là, je crois que tu vas trop loin, dit

Mrs Panstreppon. S'il devait y avoir des élections générales au Mexique, je crois que tu pourrais le laisser sans crainte aller là-bas, mais je ne pense pas que la politique telle qu'on la pratique en Angleterre convienne aux façons brutales d'un enfant aussi angélique. »

L'ŒUF DE PÂQUES

C'était une dure épreuve pour Lady Barbara, issue d'une famille de vaillants guerriers, et une des femmes les plus braves de sa génération, que d'avoir pour fils un lâche aussi insigne. Malgré toutes les qualités que pouvait posséder Lester Slaggby, et il était à bien des égards charmant, le courage ne figurait certainement pas parmi elles. Enfant, il était d'une timidité enfantine, jeune garçon d'une frousse bien peu garçonnière, et, devenu jeune homme, il avait remplacé ces craintes irraisonnées par d'autres qui n'en étaient que plus redoutables pour avoir un fondement longuement médité. Il avait résolument peur des animaux, les armes à feu le rendaient nerveux, et il ne traversait jamais la Manche sans calculer mentalement la proportion des ceintures de sauvetage par rapport aux passagers. A cheval, il semblait avoir besoin d'autant de mains qu'une divinité hindoue, quatre au moins pour étreindre les rênes, et deux de plus pour flatter l'encolure de sa monture. Lady Barbara ne faisait même plus mine de ne pas remarquer la faiblesse de son fils ; avec son courage coutumier, elle affrontait carrément cette situation, et, en bonne mère, elle n'en aimait pas moins son fils pour autant.

Les voyages sur le continent, à l'écart des grands itinéraires touristiques, étaient un des passe-temps de Lady Barbara, et Lester l'accompagnait aussi souvent que possible. Pâques la trouvait généralement à Knobalthein, dans l'une de ces petites principautés qui forment des taches à peine visibles sur la carte d'Europe centrale.

De vieilles relations avec la famille régnante faisaient d'elle un personnage important aux yeux de son vieil ami le Bourgmestre, et ce digne personnage s'empressa de la consulter lorsque le Prince fit connaître son intention de venir en personne inaugurer un sanatorium aux environs de la ville. On avait prévu toutes les cérémonies classiques d'une visite officielle, les unes ridicules et banales, les autres bizarres et charmantes, mais le Bourgmestre espérait que sa distinguée visiteuse pourrait lui suggérer quelque innovation de bon goût dans ce domaine. Dans le reste du monde, ceux qui connaissaient le Prince le considéraient comme un vieux réactionnaire, hostile au progrès et prêt à le combattre avec une épée de bois. Aux yeux de ses sujets, il apparaissait comme un charmant vieux monsieur doté d'une certaine allure exempte de toute morgue. Knobaltheim tenait donc à faire de son mieux. Lady Barbara parla de cette affaire avec Lester et un ou deux amis dans son petit hôtel, mais il était difficile de trouver des idées.

« Pourrais-je me permettre de suggérer quelque chose à la Gnädije Frau ? » demanda une dame maigre et aux pommettes saillantes, à qui l'Anglaise avait adressé une ou deux fois la parole et qu'elle avait cataloguée comme une Slave du Sud.

« Me permettrai-je de suggérer quelque chose pour la réception ? reprit-elle avec un empressement un peu timide. Notre petit enfant, notre bébé, nous l'habillerons d'un petit costume blanc, avec de petites ailes, comme un ange de Pâques, et il portera un gros œuf de Pâques blanc, à l'intérieur duquel se trouvera un panier plein d'œufs de plouvier, dont le Prince est si friand, et il l'offrira à son Altesse en cadeau de Pâques. C'est une si jolie idée : nous avons vu faire cela en Styrie. »

Lady Barbara considéra d'un air dubitatif le futur ange de Pâques, un enfant blond d'environ quatre ans, au visage de bois. Elle l'avait remarqué la veille dans l'hôtel, et s'était demandé comment un enfant aussi blond pouvait être le fils d'un couple aussi brun que celui que formaient le mari et la femme ; sans doute, s'était-elle dit, un enfant adoptif, d'autant plus que le couple n'était pas très jeune.

« Bien entendu, la Gnädije Frau escortera le petit enfant auprès du Prince, poursuivit la femme ; mais il sera bien mignon et fera comme on lui dira.

— Nous ferons fenir tes œufs de ploufier de Fienne », dit le mari.

Le petit garçon et Lady Barbara étaient aussi peu enthousiastes l'un que l'autre devant cette charmante idée ; Lester ne cacha pas sa désapprobation, mais quand le Bourgmestre en eut entendu parler, il fut ravi. Cette combinaison d'œufs de plouvier et de sentiments ravissait son âme teutonique.

Le grand jour, l'ange de Pâques, fort joliment habillé, était l'objet d'un bienveillant intérêt parmi la foule de gala rassemblée pour recevoir son Altesse. La mère se montrait plus discrète que ne l'aurait été la plupart des parents en pareil cas, insistant seulement pour placer elle-même l'œuf de Pâques dans les petits bras à qui l'on avait soigneusement montré la façon de tenir le précieux fardeau. Puis Lady Barbara s'avança, escortée de l'enfant qui marchait d'un pas résolu à son côté. On lui avait promis des gâteaux et des bonbons à gogo s'il remettait sans encombre l'œuf au charmant vieux monsieur qui attendait de le recevoir. Lester s'était efforcé de lui expliquer en tête à tête quelles horribles fessées châtieraient tout échec de sa part, mais il est peu probable que la connaissance qu'il avait de la langue allemande lui eût permis de provoquer chez l'enfant beaucoup d'inquiétude. Lady Barbara avait eu la bonne idée de se munir d'une ration supplémentaire de bonbons au chocolat ; les enfants peuvent parfois se montrer complaisants, mais ils n'aiment pas qu'on abuse de leur patience. Comme ils approchaient du dais princier, Lady Barbara s'écarta discrètement, et l'enfant au visage impassible s'avança seul, d'un pas un peu tremblant, encouragé par les murmures approbateurs de ses aînés. Lester, qui se tenait au premier rang des spectateurs, se retourna pour chercher dans la foule les visages radieux des heureux parents. Il aperçut un taxi garé dans une petite rue qui menait à la gare ; et, montant dans le taxi, en donnant tous les signes de la plus extrême précipitation, les parents au visage brun, qui avaient tant insisté pour qu'on adoptât « cette charmante idée ». En un instant, son instinct aiguisé par la lâcheté lui fit entrevoir la vérité. Le sang lui monta brusquement à la tête, comme si l'on avait ouvert des milliers de vannes dans ses artères et dans ses veines, et son cerveau devint le lit commun où se retrouvèrent tous ces torrents. Tout, autour de lui, lui semblait brouillé. Puis le sang se retira en vagues précipitées, jusqu'au moment où son cœur même lui sembla vide, et il resta éperdu, désemparé, observant sans un mot l'enfant, portant son fardeau maudit, se rapprochant à pas lents et impitoyables du groupe sans défense qui l'attendait. Fasciné par la curiosité, Lester tourna la tête vers les fugitifs ; le taxi venait de démarrer en trombe en direction de la gare.

Un instant plus tard, Lester courait, plus vite qu'aucun des assistants n'avaient jamais vu courir un homme, et il ne courait pas pour s'enfuir. Durant cette infime fraction de son existence, en proie à Dieu sait quel obscur instinct, poussé par sa vaillante hérédité, il se précipita sans hésiter vers le danger. Il se pencha et voulut s'emparer de l'œuf de Pâques, comme on essaye de prendre le ballon dans un match de rugby. Il ne savait pas encore ce qu'il voulait en faire, le tout était de s'en emparer. Mais on avait promis à l'enfant des gâteaux et des bonbons s'il remettait sans encombre l'œuf aux mains du doux vieillard ; sans pousser un cri, il se cramponna à son fardeau comme une moule à son rocher. Lester se mit à genou, tirant farouchement sur l'œuf que l'enfant ne voulait pas lâcher, et des cris furieux s'élevèrent parmi les spectateurs scandalisés. Un cercle menaçant se forma autour de lui, puis s'écarta précipitamment dès qu'il eut crié un seul mot, mais terrible. Lady Barbara entendit ce mot et vit la foule se disperser comme des moutons affolés, elle vit le Prince entraîné de force par ses courtisans ; elle vit aussi son fils allongé sur le sol, en proie à la plus affreuse terreur, sa crise d'audace étouffée par la résistance inattendue de l'enfant, qui se cramponnait frénétiquement à l'engin tendu de satin blanc, incapable même de s'éloigner de son voisinage mortel, ne pouvant que crier, crier encore et toujours. Elle eut vaguement conscience de mettre en balance, ou de vouloir mettre en balance la honte abjecte que lui inspirait ce spectacle auprès de cet unique acte de courage qui avait poussé son fils à se précipiter follement au-devant du danger. Pendant quelques secondes seulement elle resta là, à regarder les deux silhouettes emmêlées, l'enfant avec son visage fermé et tout son corps crispé dans une résistance acharnée, et son fils, éperdu et déjà presque mort d'une terreur qui étouffait presque ses cris ; et au-dessus d'eux les longues banderoles de gala flottant gaiement dans le soleil. Elle n'oublia jamais la scène ; mais ce fut la dernière qu'elle vit.

Lady Barbara promène à travers le monde son visage couturé de cicatrices, et ses yeux qui ne voient plus aussi courageusement que jamais, mais à Pâques ses amis prennent soin de ne jamais faire mention devant elle de ces œufs qui sont pour les enfants le symbole pascal.

LE MARIEUR

La pendule du grill-room sonna onze heures avec la discrétion respectueuse de quelqu'un dont la mission, dont la vie, est de passer inaperçu. Quand la fuite du temps imposerait vraiment l'abstinence et la migration vers d'autres lieux, l'éclairage de la salle signalerait la chose comme de coutume.

Six minutes plus tard, Clovis s'approcha de la table où l'on allait servir le dîner, avec l'aimable impatience de quelqu'un qui a dîné légèrement et il y a longtemps.

« Je meurs de faim, annonça-t-il, en s'efforçant de s'asseoir avec grâce tout en lisant le menu.

— Je m'en suis douté, répondit son hôte, en constatant que vous étiez presque à l'heure. J'aurais dû vous dire que je crois aux régimes de santé. J'ai commandé deux bols de pain trempé dans du lait et quelques biscuits complets. J'espère que vous n'y voyez pas d'inconvénients. »

Clovis prétendit par la suite qu'il n'avait absolument pas pâli.

« Je vous assure, dit-il, vous ne devriez pas plaisanter avec ces choses-là. Il existe des gens qui suivent ces régimes, j'en ai connu. Dire qu'il y a tant de choses merveilleuses à manger dans le monde et que des gens passent leur vie à mâchonner de la sciure de bois et à en être fiers.

— Ils sont comme les flagellants du Moyen Age, qui se mortifiaient.

— Eux au moins avaient des excuses, dit Clovis. Ils faisaient cela pour sauver leur âme immortelle, n'est-ce pas ? Vous n'allez pas me dire qu'un homme qui n'aime pas les huîtres, ni les asperges ni les bons vins a une âme, ou d'ailleurs un estomac. Il a simplement l'instinct d'être malheureux hautement développé. »

Clovis retomba pour quelques moments exquis dans une tendre intimité avec une succession d'huîtres qui disparaissaient rapidement.

« Je trouve que les huîtres sont plus belles que n'importe quelle religion, reprit-il. Non seulement elles nous pardonnent notre dureté à leur égard ; elles la justifient, elles nous incitent à continuer d'être parfaitement horribles avec elles. Dès l'instant où elles arrivent sur la table, elles semblent se mettre dans l'ambiance. Il n'y a rien dans le christianisme ni dans le bouddhisme qui égale tout à fait la totale abnégation d'une huître. Vous aimez mon nouveau gilet ? Je le porte pour la première fois ce soir.

— Il ressemble à beaucoup d'autres que je vous ai vus récemment, mais en pire. Vous semblez depuis quelque temps avoir la manie des nouveaux gilets.

— Il paraît qu'on paie toujours les excès de jeunesse ; Dieu merci, ce n'est pas vrai pour les vêtements. Vous savez que ma mère songe à se marier.

— Encore !

— C'est la première fois.

— Vous devez évidemment être au courant. J'avais l'impression qu'elle s'était mariée au moins une ou deux fois déjà.

— Trois fois, pour être d'une précision mathématique. Je voulais dire seulement que c'était la première fois qu'elle songeait à se marier ; les autres fois, elle l'avait fait sans y penser. En fait, c'est moi qui pense pour elle en l'occurrence. Vous comprenez, cela fait bien deux ans que son dernier mari est mort.

— Vous estimez évidemment que la brièveté est l'âme du veuvage.

— Eh bien, j'ai trouvé qu'elle s'assombrissait, qu'elle commençait à se ranger, ce qui ne lui irait pas du tout. Le premier symptôme que j'ai remarqué, c'est quand elle a commencé à se plaindre en disant que nous vivions au-dessus de notre revenu. Tous les gens bien vivent au-dessus de leurs revenus aujourd'hui, et ceux qui ne sont pas respectables, vivent au-dessus du revenu des autres. Quelques individus particulièrement doués réussissent à faire les deux à la fois.

— Ce n'est pas tant un don qu'une industrie.

— La crise a éclaté, poursuivit Clovis, quand elle a déclaré tout à coup qu'il était malsain de se coucher tard et qu'elle a voulu me faire rentrer chaque nuit à une heure. Vous vous rendez compte, moi qui ai eu dix-huit ans à mon dernier anniversaire.

— A vos deux derniers anniversaires, pour être mathématiquement précis.

— Oh, ce n'est pas ma faute. Je ne dois pas avoir dix-neuf ans tant que ma mère reste à trente-sept ans. Il faut quand même essayer de sauvegarder les apparences.

— Peut-être votre mère prendrait-elle quelques années si elle se rangeait.

— Pensez-vous. Les réformes des femmes commencent toujours aux dépens des faiblesses d'autrui. C'est pourquoi je tenais tellement à cette idée de mariage.

— Etes-vous allé jusqu'à sélectionner un parti, ou bien vous êtes-vous contenté de lancer l'idée en comptant sur votre force de suggestion ?

— Si l'on veut qu'une chose se fasse vite, il faut s'en occuper soi-même. J'ai trouvé au club un traîneur de sabre qui ne savait pas quoi faire de sa peau et je l'ai emmené une ou deux fois déjeuner à la maison. Il a passé le plus clair de sa vie sur la frontière indienne, à construire des routes, à ravitailler des populations affamées, à réparer les dégâts des tremblements de terre et tout ce genre de choses qu'on fait sur les frontières. Il est capable de discuter avec un cobra dans quinze dialectes différents et il saurait probablement quoi faire si vous trouviez un éléphant sauvage sur votre pelouse de croquet ; mais il était timide et manquait de confiance avec les femmes. J'ai dit à ma mère en confidence que c'était un misanthrope acharné, alors, bien sûr, elle a déployé tous ses talents, qui ne sont pas minces, pour faire sa conquête.

— Et le gentleman en question a-t-il bien réagi ?

— Il a dit à quelqu'un du club, m'a-t-on raconté, qu'il cherchait un poste aux colonies, qui ne soit pas une sinécure, pour un de ses jeunes amis, alors j'en conclus qu'il s'est mis dans l'idée d'entrer dans la famille.

— Au fond, vous semblez destiné à être une victime de cette réforme familiale. »

Clovis essuya sur ses lèvres les traces qu'y avait laissées le café turc et l'esquisse d'un sourire, et abaissa lentement sa paupière droite. Ce qui signifiait sans doute : « Ça m'étonnerait ! »

GABRIEL-ERNEST

« Il y a une bête sauvage dans vos bois », déclara le peintre Cunningham, tandis qu'on le conduisait en voiture à la gare. Ce fut la seule remarque qu'il fit durant le trajet, mais comme Van Cheele n'avait cessé de parler, le silence de son compagnon était passé inaperçu.

« Un renard égaré et quelques belettes sédentaires. Rien de plus redoutable », déclara Van Cheele. Le peintre ne dit rien.

« Qu'entendiez-vous par bêtes sauvages ? demanda Van Cheele un peu plus tard, quand ils furent sur le quai.

— Rien. C'est mon imagination. Voilà le train », dit Cunningham.

Cet après-midi-là, Van Cheele partit pour une de ses promenades coutumières à travers les bois de sa propriété. Il avait dans son bureau un butor empaillé, et il connaissait le nom d'un grand nombre de fleurs sauvages, si bien que sa tante s'estimait en droit de le décrire comme un grand naturaliste. En tout cas, c'était un grand marcheur. Il avait coutume de noter dans sa tête tout ce qu'il apercevait au cours de ses promenades, non pas tant dans le but d'aider au progrès de la science que pour se fournir par la suite en sujets de conversations. Quand les jacinthes commencèrent à fleurir, il mit un point d'honneur à en informer tout le monde ; la saison de l'année à laquelle on se trouvait aurait pu avertir ses auditeurs de la probabilité d'un pareil événement, mais du moins avaient-ils l'impression que Van Cheele se montrait avec eux d'une absolue franchise.

Mais ce qu'il aperçut cet après-midi-là sortait résolument de son champ habituel d'expérience. Sur une dalle bien lisse et dominant un étang profond au creux d'un taillis de chênes, un garçon d'environ seize ans était étendu de tout son long, séchant ses jambes brunes au soleil. Ses cheveux humides, coiffés en raie par un récent plongeon, étaient plaqués sur son crâne et ses yeux brun clair, si clairs qu'une lueur presque féline y brillait, étaient tournés vers Van Cheele d'un air tout à la fois méfiant et nonchalant. C'était une apparition fort inattendue ; Van Cheele se surprit, et la chose était pour lui nouvelle, à réfléchir avant de parler. D'où diable pouvait bien venir ce petit sauvage ? La femme du meunier avait perdu un enfant deux mois auparavant, qu'on avait cru emporté par le courant du moulin, mais il s'agissait d'un bébé et non pas d'un garçon de cet âge.

« Que fais-tu là ? interrogea-t-il.

— Vous le voyez, je me chauffe au soleil, répondit le garçon.

— Où habites-tu ?

— Ici, dans ces bois.

— Tu ne peux pas vivre dans les bois, dit Van Cheele.

— Ce sont de très beaux bois, dit le garçon, d'un ton légèrement protecteur.

— Mais où dors-tu la nuit ?

— Je ne dors pas la nuit ; c'est le moment où je suis le plus occupé. »

Van Cheele commençait à avoir l'irritante impression de s'attaquer à un problème qui le dépassait.

« De quoi te nourris-tu ? demanda-t-il.

— De viande, répondit le garçon, en prononçant le mot d'un air gourmand.

— De viande ! Quelle viande ?

— Puisque cela vous intéresse, de lapins, de gibier d'eau, de lièvres, de volailles, d'agneaux quand c'est la saison, d'enfants quand je peux en trouver ; mais ils sont généralement trop bien enfermés la nuit, qui est mon heure de chasse habituelle. Voilà près de deux mois que je n'ai pas goûté d'enfant. »

Sans relever ce que cette dernière remarque avait de railleur, Van Cheele essaya d'arracher au jeune garçon un aveu de braconnage.

« Tu dis des sottises quand tu racontes que tu te nourris de lièvres. Les lièvres de nos collines ne se laissent pas facilement attraper.

— La nuit, je chasse à quatre pattes, répondit-il mystérieusement.

— Tu veux dire, je suppose, que tu chasses avec un chien ? » hasarda Van Cheele.

Le garçon se laissa lentement rouler sur le dos et éclata d'un étrange rire bas, tout à la fois timide et agressif comme un ricanement.

« Je ne crois pas qu'un chien tiendrait beaucoup à ma compagnie, surtout la nuit. »

Van Cheele commençait à trouver qu'il y avait quelque chose de positivement surnaturel chez ce garçon aux propos aussi étranges que le regard.

« Je ne peux pas te laisser dans ces bois, déclara-t-il avec autorité.

— J'imagine que vous aimeriez mieux m'avoir ici que dans votre maison », rétorqua le garçon. La perspective de cet animal sauvage et nu dans la maison impeccable et ordonnée de Van Cheele était assurément des plus alarmantes.

« Si tu ne t'en vas pas, je serai obligé de t'y contraindre », dit Van Cheele

Le garçon tourna brusquement, plongea dans l'étang et un instant plus tard il avait hissé son corps humide et luisant à mi-hauteur de la berge sur laquelle était perché Van Cheele. Chez une loutre, ce mouvement n'aurait rien eu de remarquable ; chez un jeune garçon, Van Cheele le trouva passablement stupéfiant. Au moment où il faisait machinalement un pas en arrière, son pied glissa et il se retrouva presque couché sur la berge glissante, avec ces yeux jaunes comme ceux d'un tigre pas bien loin des siens. D'un geste presque instinctif, il leva la main vers sa gorge. De nouveau, le garçon éclata de rire, d'un rire sec et cruel, puis, d'un autre mouvement d'une rapidité tout aussi surprenante, il plongea et disparut au regard au milieu d'un amas de roseaux et de fougères.

« Quel extraordinaire animal ! » s'exclama Van Cheele en se relevant. Il se souvint alors de la remarque de Cunningham : « Il y a une bête sauvage dans vos bois. »

Rentrant lentement chez lui, Van Cheele se mit à passer en revue dans sa tête divers événements locaux qui pourraient s'expliquer par l'existence de cet étonnant jeune sauvage.

Depuis quelque temps le gibier dans les bois

était plus clairsemé, de la volaille avait disparu des basses-cours, les lièvres se faisaient inexplicablement plus rares ; et il avait entendu des paysans se plaindre d'avoir eu des agneaux qu'on avait enlevés sur les collines. Etait-il possible que ce petit sauvage écumât vraiment la campagne en compagnie d'un chien de braconnier bien dressé ? Il avait parlé de chasser « à quatre pattes » la nuit, mais d'un autre côté il avait fait d'étranges allusions au fait qu'aucun chien n'aimerait s'approcher de lui « surtout la nuit ». C'était assurément intrigant. Van Cheele songeait aux diverses déprédations qui s'étaient commises depuis un mois ou deux, lorsqu'il s'arrêta brusquement, interrompant soudain sa promenade et ses méditations. Il pensait à l'enfant disparu du moulin deux mois plus tôt : la théorie admise était qu'il était tombé dans le bief et qu'il avait été emporté par le courant ; mais la mère avait toujours déclaré qu'elle avait entendu crier du côté de la colline, dans la direction opposée à la rivière. C'était impensable, bien sûr, mais il aurait préféré que le jeune garçon se fût dispensé d'observer qu'il n'avait pas mangé d'enfant depuis deux mois. On ne devrait pas dire des choses aussi épouvantables, même en plaisantant.

Van Cheele, contrairement à son habitude, ne se sentait pas d'humeur à parler de la découverte qu'il avait faite dans le bois. Sa position de conseiller de la paroisse et de juge de paix lui semblait quelque peu compromise par le fait qu'il abritait sur ses terres un personnage de réputation aussi douteuse ; il y avait même le risque qu'on lui présentât une lourde demande d'indemnités pour les volailles et les agneaux enlevés. Au dîner ce soir-là, il observa un silence fort inhabituel.

« Qu'as-tu fait de ta voix ? lui dit sa tante. On croirait que tu as vu le loup. »

Van Cheele, qui ne connaissait pas le vieux proverbe, trouva cette remarque assez stupide ; s'il avait vraiment vu un loup sur ses terres, il se serait montré extraordinairement loquace sur ce sujet.

Le lendemain matin au petit déjeuner, Van Cheele se rendit compte que le malaise que lui inspirait l'épisode de la veille ne s'était pas entièrement dissipé, et il résolut de prendre le train jusqu'à la ville, afin de retrouver Cunningham et d'apprendre de sa bouche ce qu'il avait vraiment vu pour lui inspirer cette remarque à propos de la présence d'une bête sauvage dans les bois. Ayant pris cette décision, il retrouva en partie sa gaieté coutumière et ce fut en fredonnant un air guilleret qu'il s'en fut dans le petit salon fumer sa cigarette matinale. Au moment où il entrait dans la pièce, la mélodie céda brusquement le pas à une pieuse exclamation. Gracieusement étendu sur le divan, dans une attitude de repos presque exagérée, se trouvait le garçon des bois. Il était plus sec que quand Van Cheele l'avait vu pour la dernière fois, mais, à ce détail près, sa toilette n'avait pas subi d'altérations notables.

« Comment oses-tu venir ici ? demanda Van Cheele, furieux.

— Vous m'avez dit que je ne devais pas rester dans les bois, répondit le garçon calmement.

— Mais je ne t'ai pas dit de venir ici. Si ma tante te voyait ! »

Et, désireux de limiter les dégâts au cas où

pareille éventualité se produirait, Van Cheele s'empressa de dissimuler le plus possible de son indésirable visiteur sous les pages d'un *Morning Post*. A ce moment, sa tante entra dans la pièce.

« Voici un pauvre garçon qui s'est perdu... et qui a perdu la mémoire. Il ne sait pas qui il est ni d'où il vient », expliqua Van Cheele, éperdu, en jetant un coup d'œil anxieux vers le jeune sauvage pour voir s'il allait ajouter une candeur inopportune à ses autres penchants de primitif.

Miss Van Cheele parut fort intéressée.

« Peut-être son linge est-il marqué, suggéra-t-elle.

— Il semble en avoir perdu la quasi-totalité aussi », dit Van Cheele, en s'affairant d'un air affolé autour du *Morning Post* pour le maintenir en place.

Un enfant nu et sans foyer avait pour Miss Van Cheele autant de séduction qu'un chaton abandonné ou qu'un jeune chien perdu.

« Nous devons faire tout notre possible pour lui », décida-t-elle. Et elle dépêcha aussitôt un messager jusqu'au presbytère, d'où il revint bientôt avec des vêtements et tout l'assortiment de chemises, de chaussures et de cols nécessaires. Vêtu, lavé et peigné, le jeune garçon semblait toujours aussi inquiétant aux yeux de Van Cheele, mais sa tante le trouvait délicieux.

« Il faut lui donner un nom jusqu'à ce que nous sachions qui il est vraiment, déclara-t-elle. Gabriel-Ernest, par exemple : voilà un bien charmant prénom. »

Van Cheele acquiesça, mais il doutait en son for intérieur qu'on en fît bénéficier un enfant aussi charmant. Ses craintes se trouvèrent encore confirmées quand il constata que son fidèle vieil épagneul était sorti de la maison en courant dès l'arrivée du garçon et qu'il restait obstinément à trembler et à aboyer tout au fond du verger, tandis que le canari, d'ordinaire aussi industrieux sur le plan vocal que Van Cheele lui-même, s'était mis à un régime de pépiements affolés. Plus que jamais, Van Cheele était décidé à consulter Cunningham sans perdre de temps.

Tandis qu'il se rendait à la gare, sa tante prenait toutes dispositions pour que Gabriel-Ernest l'aidât à recevoir pour goûter cet après-midi-là les enfants de la classe du dimanche.

Cunningham tout d'abord ne se montra guère disposé à parler.

« Ma mère est morte d'une affection cérébrale, expliqua-t-il, alors vous comprendrez pourquoi je ne tiens pas à m'appesantir sur un épisode aussi impossiblement fantastique que celui que j'ai pu voir ou que je crois avoir vu.

— Mais qu'avez-vous donc vu ? insista Van Cheele.

— Ce que j'ai cru voir, c'est quelque chose de si extraordinaire qu'aucun homme sain d'esprit ne pourrait affirmer que cela s'est véritablement passé. Le dernier soir de mon séjour avec vous, j'étais à demi dissimulé derrière la haie, non loin de l'entrée du verger, à regarder les dernières lueurs du couchant. Soudain j'aperçus un jeune garçon complètement nu, qui, pensai-je, avait dû se baigner dans un étang voisin, et qui, debout au flanc de la colline, observait également le coucher de soleil. Sa pose évoquait si vivement celle d'un faune de la mythologie païenne que l'envie me prit aussitôt de l'engager comme modèle et je crois bien qu'un instant plus tard je l'aurais hélé. Mais juste à ce moment le soleil disparut à l'horizon, le paysage perdit ses colorations orange et rose pour n'être plus que gris et froid. Et, au même instant, un phénomène stupéfiant se produisit : le jeune garçon disparut lui aussi !

— Comment ! Vous voulez dire qu'il s'est volatilisé ? demanda Van Cheele, très excité.

— Non ; et c'est ce qu'il y a d'affreux dans cette histoire, répondit le peintre ; au flanc du coteau où, une seconde plus tôt, se tenait le jeune garçon, je voyais un gros loup, au pelage noir, aux crocs luisants et cruels, aux yeux jaunes. On aurait cru... »

Mais Van Cheele n'avait pas le temps de se perdre en conjectures. Il se précipitait déjà vers la gare. Il renonça à envoyer un télégramme. « Gabriel-Ernest est un loup-garou » lui parut une façon insuffisante de faire comprendre la situation, et sa tante s'imaginerait que c'était un message rédigé dans un code dont il avait oublié de lui donner la clef. Son seul espoir était de rentrer chez lui avant le coucher du soleil. Le taxi qu'il prit en arrivant au terme de son voyage en chemin de fer l'entraîna avec une lenteur qui lui parut exaspérante au long de routes de campagne que le soleil couchant teintait de rose et de mauve. Sa tante était en train de ranger les restes de confiture et de gâteaux quand il arriva.

« Où est Gabriel-Ernest ? hurla-t-il presque.

— Il ramène le petit Toop chez lui, répondit sa tante. Il était si tard que je n'ai pas cru prudent de le laisser rentrer seul. Quel ravissant coucher de soleil, n'est-ce pas ? »

Mais Van Cheele, bien qu'il eût parfaitement remarqué la coloration du ciel du côté de l'Ouest, ne resta pas pour en discuter les beautés. Il se précipita à un train pour lequel il n'était guère fait dans l'étroit chemin qui menait vers la maison des Toop. Le sentier était bordé d'un côté par le ruisseau du moulin, et de l'autre par le flanc de la colline. On apercevait encore un bout du disque solaire au-dessus de l'horizon, et Van Cheele pensait qu'au prochain détour du chemin il allait apercevoir le couple étrange qu'il poursuivait. Puis les couleurs brusquement s'éteignirent et une lumière grise tomba comme un voile sur la campagne. Van Cheele entendit un bref cri de terreur et s'arrêta.

On ne revit jamais le petit Toop ni Gabriel-Ernest, mais on retrouva les vêtements de celui-ci abandonnés au bord du sentier : on supposa donc que l'enfant était tombé à l'eau et que le jeune garçon s'était déshabillé et avait plongé à son tour dans une vaine tentative pour le sauver. Van Cheele et les ouvriers qui se trouvaient dans les parages à cette heure-là déclarèrent avoir entendu un enfant crier juste à proximité de l'endroit où l'on avait retrouvé les vêtements. Madame Toop qui avait onze autres enfants, accepta courageusement sa peine, mais Miss Van Cheele pleura sincèrement la perte de son protégé. Ce fut sur son initiative qu'une plaque commémorative fut apposée dans l'église paroissiale à « Gabriel-Ernest, un jeune inconnu, qui sacrifia bravement sa vie pour son compagnon ».

Van Cheele cédait à sa tante sur presque tous les points, mais il refusa catégoriquement de participer à la souscription pour la plaque à la mémoire de Gabriel-Ernest.

CLOVIS ET LES RESPONSABILITÉS DES PARENTS

Marion Eggelby parlait à Clovis du seul sujet qu'elle abordait volontiers : ses enfants, leurs diverses prouesses et qualités. Clovis ne prêtait pas ce que l'on pourrait appeler une oreille complaisante ; la jeune génération des Eggelby, dépeinte avec les couleurs brillantes et peu convaincantes de l'impressionnisme maternel, n eveillait en lui aucun enthousiasme. Mais Mrs Eggelby avait de l'enthousiasme pour deux.

« Eric vous plairait », dit-elle presque sur la défensive. Clovis avait clairement laissé entendre qu'il n'éprouverait vraisemblablement pas d'affection débordante pour Amy pas plus que pour Willie. « Oui, je suis persuadée qu'Eric vous plairait. Il plaît tout de suite. Vous savez, il me rappelle toujours le fameux tableau de David jeune... je ne me rappelle jamais de qui, mais c'est une toile très célèbre.

— Cela suffirait à me braquer contre lui, si je le voyais, dit Clovis. Vous vous imaginez ce que c'est, par exemple, au bridge, que d'essayer de se concentrer sur les déclarations de son partenaire et de se souvenir des écarts de l'adversaire, alors que l'on voit quelqu'un qui vous rappelle sans cesse un tableau représentant le jeune David. Ce serait tout bonnement exaspérant. Si Eric faisait cela, je le détesterais.

— Eric ne joue pas au bridge, déclara Mrs Eggelby avec dignité.

— Ah non, demanda Clovis. Pourquoi donc ?

— Aucun de mes enfants n'a été élevé à jouer aux cartes, dit Mrs Eggelby. Je ne les encourage qu'à pratiquer le jeu de dames, le loto et les divertissements de ce genre. Eric est considéré comme un excellent joueur de dames.

— Vous préparez à votre famille des risques énormes, déclara Clovis. Un de mes amis qui est aumônier dans une prison m'a raconté que parmi les pires criminels qu'il ait rencontrés, des condamnés à mort ou des forçats, il n'y avait pas un seul joueur de bridge. Par contre, il connaissait parmi eux au moins deux joueurs de dames.

— Je ne vois vraiment pas quel rapport mes fils ont avec les criminels, fit Mrs Eggelby, piquée. Ils ont été fort bien élevés, je puis vous l'assurer.

— Cela montre quelles inquiétudes vous inspirait leur avenir, rétorqua Clovis. Ma mère, elle, n'a jamais pris la peine de m'élever. Elle a simplement veillé à ce que je reçoive une fessée de temps en temps et à ce que l'on m'enseigne la différence entre le bien et le mal ; car il y a une différence, vous savez, mais j'ai oublié laquelle.

— Vous avez oublié la différence entre le bien et le mal ! s'écria Mrs Eggelby.

— Oh, vous savez, j'étudiais en même temps

l'histoire naturelle et un tas d'autres sujets, alors on ne peut pas se souvenir de tout. Je savais la différence qu'il y a entre le loir de Sardaigne et la variété ordinaire, je savais aussi si l'arrivée du torcol sur nos rivages a précédé celle du coucou et combien de temps met le mors pour devenir adulte ; vous avez certainement su ce genre de choses autrefois, mais je parie que vous les avez oubliées.

— Ce sont là des choses sans importance, dit Mrs Eggelby, mais...

— Le fait que nous les ayons tous les deux oubliées prouve qu'elles sont importantes, dit Clovis. Vous avez bien dû remarquer que ce sont les choses importantes qu'on oublie, alors que les petits détails sans intérêt de la vie restent gravés dans la mémoire. Prenez, par exemple, ma cousine Edith Clubberly ; je n'oublierai jamais que son anniversaire est le 12 octobre. Je me moque éperdument de savoir la date de son anniversaire, et peu m'importe même qu'elle soit née ; ce sont là des faits absolument sans intérêt : j'ai des tas d'autres cousines. Par contre, quand je suis avec Hildegarde Shrubley, je n'arrive jamais à me rappeler, et c'est pourtant un détail important, si son premier mari s'est acquis sa triste réputation sur les champs de courses ou à la Bourse, et cette incertitude m'oblige aussitôt à bannir de la conversation toute allusion soit au sport hippique, soit à la finance. On ne peut jamais parler de voyage non plus, car son second mari devait résider à l'étranger de façon permanente.

— Mrs Shrubley et moi évoluons dans des cercles très différents, observa Mrs Eggelby d'un ton pincé.

— Quiconque connaît Hildegarde ne pourrait l'accuser d'évoluer dans un cercle, dit Clovis. Sa conception de la vie fait plutôt penser à une course ininterrompue avec des réserves inépuisables d'essence. Si elle peut trouver quelqu'un d'autre pour payer l'essence, tant mieux. Je peux bien vous avouer que j'ai plus appris aupres d'elle qu'avec aucune autre femme.

— Quel genre de connaissances avez-vous acquises ? demanda Mrs Eggelby, avec l'air qu'arbore un jury dont le siège est déjà fait avant d'avoir quitté la salle.

— Eh bien, entre autres, elle m'a fait connaître au moins quatre façons différentes d'accorder le homard, dit Clovis avec reconnaissance. Bien sûr, cela ne vous dit rien : les gens qui se privent des plaisirs de la table de jeu n'apprécient jamais vraiment les possibilités plus belles encore de la bonne chère. J'imagine que leurs facultés de jouissance éclairée se trouvent atrophiées faute d'usage.

— Une de mes tantes s'est rendue très malade en mangeant du homard, dit Mrs Eggelby.

— Permettez-moi de vous dire que si nous connaissions mieux son histoire, nous découvririons qu'elle avait souvent été malade sans manger de homard. Ne cherchez-vous pas là à dissimuler le fait qu'elle avait eu la rougeole, la grippe, des migraines nerveuses, des crises d'hystérie et tout ce dont souffrent les tantes, bien longtemps avant de manger ce homard ? Les tantes qui n'ont jamais connu un jour de maladie sont extrêmement rares ; à vrai dire, je n'en connais pour ma part aucune. Bien sûr, si elle a mangé ce homard alors qu'elle était un bébé de deux semaines, cela aurait pu être sa première maladie... et sa dernière. Mais je pense que si c'était le cas, vous me l'auriez dit.

— Il faut que je m'en aille », dit Mrs Eggelby, d'un ton exempt de toute cordialité.

Clovis se leva d'un air de gracieux regret.

« Cela m'a fait tellement plaisir de parler de ce cher Eric, dit-il. J'espère un jour avoir le plaisir de le rencontrer.

— Adieu », dit Mrs Eggelby, glaciale. En son for intérieur, elle pensait :

« Je prendrai bien soin que cela n'arrive jamais ! »

FIN

TABLE DES MATIÈRES

CET OUVRAGE A ÉTÉ REPRODUIT
PAR PROCÉDÉ PHOTOMÉCANIQUE
L'IMPRESSION ET LE BROCHAGE
ONT ÉTÉ EFFECTUÉS PAR LA SOCIÉTÉ NOUVELLE FIRMIN-DIDOT
POUR LE COMPTE DE CHRISTIAN BOURGOIS ÉDITEUR
EN MAI 1996

Imprimé en France
Dépôt légal : 4e trimestre 1980
N° d'édition : 1235 – N° d'impression : 34626
Nouveau tirage : mai 1996